2
あいのひとし
Illustration 三九呂
色欲無双《しきよくむそう》
ヤリサーから追放された俺は、変態スキルが暴走して
はからずも淫靡な力で最強になる
GCN文庫
JN152138

CONTENTS

Lust unparalleled

シスター・ヘレナ
リン
ミランダ
ニーラ
エル

色欲無双
～変態スキルが暴走してヤリサーから追放された俺は、はからずも淫靡な力で最強になる～ ②

著：あいのひとし
イラスト：三九呂

GCN文庫

プロローグ

事件は解決したものの、【色欲】の影響で理性が吹き飛んだ女性たちに狙われるハメになったリックはギルドの支部長から忠告された通り、しばらく身を隠していた。

そして落ち着いたタイミングで都市長からの呼び出しに応じて、館を訪れる。

シスター・ヘレナとニーラはすでに建物の前で彼を待っていた。

「お久しぶりです、リックさん」

笑顔であいさつしたのはシスターで、ニーラはそっと右手を挙げる。

（一番影響を受けただろう人たちも落ち着いたか）

とリックは安心した。

「では参りましょう」

シスターに促されて彼はうなずいたが、同時に緊張が高まる。

都市長と言えば領主や国王に代わって、都市を治めている地位の高い人だからだ。

「モンスターと戦うより緊張する」

とリックが小声でつぶやくと、聞いたニーラがちらっと彼を見て、

「そうなんだ？」

と首をかしげながら言う。

彼女は少しも緊張していないようだった。

「リンとエルは呼ばれてないのですね？」

とリックは聞いてみる。

「ええ。途中で離脱してしまいましたから」

シスター・ヘレナが少し残念そうな表情で答えた。

「今回、呼ばれるのにふさわしいのって、正確にはリックだけだと思うけど」

とニーラがちょっと気まずそうな顔で言う。

「俺ひとりじゃ無理でしたよ。支部長にも話した通りです」

リックは訂正する。

【色欲】の性質上、女性の協力は不可欠なのだ。

「冒険者の方々ですね。どうぞ中へお入りください」

職員らしき若い男性が建物の中から三人に呼びかける。

「行きますか」

この期《ご》に及んで尻込みしていられない。

憧れのシグムンドはきっと堂々としている、とリックは自分に言い聞かせる。

彼が先頭に立ち、シスターとニーラが続く。

通されたのは来賓用と思われる部屋だが、グレードは街の規模に見合ってそれなり止まりだ。

中で待っていたのは小柄で痩せた中年の男性だった。

人が多ければ気づけそうにないくらい存在感が薄い。

「君たちが国母《グランドマザー》スライムを討った冒険者か。私はここの都市長だ。まあ実質はさえない中間管理職みたいなものだ」

初対面でいきなり都市長に自嘲されて、リックは困惑する。

（一流の冒険者はここで気の利いた切り返しをできるんだろうか？）

と内心疑問に思う。

そしてシグムンドならあるいはできるかもしれない、と結論を出す。

「まさか。立派に治めていらっしゃいますよ」

とシスター・ヘレナが微笑む。

「無難なのが一番だよ、ですよ」

ニーラは言った後、あわてて敬語に直す。

「そう言ってもらえるとありがたい。あと、人目がある場ではないから、敬語はかまわないよ。ははは」

都市長は砕けた態度で笑う。

「そう言ってもらえるとありがたいね。堅苦しいのは苦手なんで」

ニーラは白い歯を見せる。

「同感です」

とリックも同意した。

街を治める『都市長』ともなると、貴族の代官か、それに匹敵する地位だ。

ふさわしい礼節なんて彼は知らない。

「ははは、そうだろうな。私だって本音ではこっちのほうが気楽だよ」

都市長は笑ってから、近くにひかえる男性秘書に目で合図する。

「お三方には報奨金を用意しております」

秘書はそう言って、革袋三つを載せた車輪つきの台を三人の前に運ぶ。

「へー、けっこう入っているな」

真っ先に袋を取ったニーラが中身を確認してにやりと笑う。

次にリックが確認すると、金貨が四百枚入っていた。

「いいんですか？」

と思わず彼は問いかける。

大きな街じゃないのだから、出費としてはかなり痛いはずだ。

「君たちが国母《グランドマザー》スライムを倒してくれなかったら、尋常じゃない被害をこうむっていただろう。無理してでも捻出するし、中央からも援助があったのさ」

都市長はおどけた表情で、右目をつぶって見せる。

(宮廷も国母《グランドマザー》スライムの脅威を知っていたんだな)

とリックは納得した。

「わたしは受け取れないのですけど」

シスター・ヘレナは困った顔で言う。

彼女だけは革袋に手を伸ばしていない。

「そうだな。シスターに関しては教会への寄付という形をとらせてもらうよ」

「ありがとうございます」

都市長が理解を示すと、シスターは頭を下げる。

「わざわざ来てもらって悪かったね」

都市長は三人の顔を順番に見ながら言った。

「いえ、とんでもないです」

リックたちはみんな首を横に振る。

地位の高い者が呼び出すのは当然のことだ。

その点を詫びるあたり、都市長は平民感覚の持ち主のようだ。

「ところで一つ確認したいのだが」

と言った都市長の視線はリックに固定される。

「君たちはよその大きな都市に移る予定は？」

切実な感情がこもっているとリックには感じられた。

「いえ、今のところ考えていません」

彼はきっぱりと否定する。

「そうか。ならありがたい」

都市長は明らかに安どしていた。

街に滞在する冒険者は有事の際、重要な戦力となる。

条件付きとは言え国母《グランドマザー》スライムを倒せるリックの動向は、街を治める側にとっても重要な確認項目だったのだろう。

（【色欲】を使いこなせていないせいで、色んな都市に行きにくいってだけだけど）

リックは内心自嘲したものの、声に出さなかった。

ここで言っても気を遣われるだけで、申し訳ないからだ。

「もしも、移動する際は声をかけてもらえるとありがたい。強制はできないのだが」

都市長は腰を低くして言った。

こういう態度をとられると、リックとしてもむげにできないと思う。

「ええ。そのつもりです」

と言って三人は建物を出る。

「ふーっ」と息を吐きだしたのはリックだった。

「意外と気さくなおじさんだよね」

ニーラが言うと、彼はうなずく。

「中規模くらいとは言え、一つの街のトップなら、もっと威張っているのかと思っていた」

リックは支配階級に対する自分のイメージが偏っていたことを認める。

「評判の良い方ですよ」

シスター・ヘレナがいつもの微笑を浮かべながら言う。

「なら安心して滞在できますね」

とリックが応じる。

「まあね。今度護衛を依頼したいから、そのときはよろしく」

ニーラは手を振って立ち去った。

「わたしもここで失礼しますね」

とシスターも言う。

第一話　ニーラからの依頼

「逃げ隠れが上手《うま》くなってしまったな」

とリックは自嘲する。

女性たちの熱狂は鎮まったのだが、こそこそしていた癖はすぐには抜けない。

『猫のヒゲ亭』に戻ってきたリックを、

「あら、お久しぶり」

例の色っぽい女性受付が笑顔で出迎える。

リックは思わず猫と遭遇したネズミのように飛び上がった。

だが、彼女の落ち着いた様子を見て、冷静さを取り戻す。

「ただいま。また世話になってもいいですか？」

リックはあえて何もなかったフリをして問いかける。

「料金を払ってもらうならね」

女性のほうも【色欲】で狂乱していたことを忘れたいのか、彼の態度に合わせた。

「じゃあ七日分を払いますよ」

「まいどあり」

女性は色っぽい笑みを浮かべる。

男をドキッとさせる表情だが、【色欲】の影響を受けていたときとは違い、リックが安心できる健康的な色気だった。

「ご飯はどうする？」

「……外で食べます」

リックは少し悩んでから答える。

今ならもう普通に外出しても大丈夫だろう。

「お兄さんなら特別に夜、添い寝してあげようか？」

と女性が色っぽい声で言った。

「ぶほぉっ!?」

リックはむせ込み、大きな音に驚いた猫顔負けのスピードで後ずさりして、閉まったドアに背中と頭をぶつけた。

「冗談なのに……」

女性は心外そうな顔になる。

「し、心臓に悪いですよ」

リックはふーっと息を吐き出す。

「意外とうぶなのね」

と女性はからかう表情で彼を見る。

「あえて否定はしません」

リックは表情を取り繕って答えた。

（見栄を張っている気もするが……）

譲ってはいけないポイントだと彼は思う。

「今さらカッコつける意味があるの？」と受付嬢の視線が言っているように感じられるが、気づかないフリをする。

「あなたが使っていた部屋があいてるけど、よかったらどう？」

「そこで頼みます」

リックは即決した。

どうせなら同じ部屋のほうがよい。

荷物を置いたところで、

「おーい」

外から聞き覚えのある声がする。

窓から見ると宿の前にニーラが立っていて、リックを見上げながら手を振っていた。

「どうかしましたか!?」

リックは窓を開けて顔を出し、声を張り上げた。

「依頼をしたいって言っただろ！」

とニーラが大きな声で叫ぶ。

「えっ、今から!?」

思いがけない言葉にリックは自分の耳を疑う。

「何であのとき言ってくれないんです!?」

さっきまで一緒だったのに、とツッコミを入れる。

「ごめん！　事情を話すから！」

ニーラは申し訳なさそうな表情で叫ぶ。

「わかりました！　下に行きます！」

リックは置いたばかりの槍を手に取って、宿の外に出た。

「いやー、突然押しかけてごめんね」

ニーラはてへへと笑う。

「それ以前の問題が一つあるじゃないですか。スルーしないでくださいよ」

リックは思わず砕けた感じで指摘する。

「てへっ」

ニーラはもう一度可愛らしい笑顔で、ごまかしを狙う。

「案外適当だな、この人。じゃなかったドワーフ」

今だけは遠慮しなくていいと判断して、リックは言った。

「ドワーフは豪快で大雑把だって知らなかった？」

とニーラが言うので、

「開き直らないでください」

リックはぴしっと切り返す。

「あと、なぜ宿を知っているのですか？」

自分から言い出さないと話が進まない気がしながら、リックは一番気になった点をたずねる。

「それは君のスキルが関係している」

ニーラは気まずそうな顔で言った。

「君のスキルの影響を受けた女たちの間で、君はどこにいるか、情報を共有しあっていたんだよ」

「ウソだと言ってほしい」

リックは思わず目を閉じて天をあおいだ。

漠然と思いつきながらも、信じたくなかった答えを聞かされてしまった。

「い、今はもうそんなことしてないから！」

ニーラは必死に否定する。

「信じます」

現実逃避したがる弱気な自分を叱咤《しった》し、リックは何とか目の前の女性と向き合う。

理性的な会話ができているのだから、ニーラの言葉を疑う余地はない。

「それで何があったのですか？」

とリックは本命の質問を放つ。

「実はあたしが欲しかった石、同業者が何人かすでに先に向かったらしいんだ。質のいいものを掘り尽くされたら堪らない」

ニーラは苦い表情で事情を打ち明ける。

「そういう配慮……ドワーフにはないでしょうね」

リックは自問自答してしまった。

「ないよ。さすがうちらのことわかってるね」

ニーラはニコリと笑うが、可愛らしさはなく、猛獣が獲物を狙っているような印象をリックは受けた。

（ドワーフ職人魂《ハート》に火がついてるのか）

こうなるとドワーフたちは頑固だとリックは知っている。

「付き合いますよ」

と言うと、ニーラはニコッと笑う。

「ありがとう。このあと、シスター・ヘレナにも声をかけたいんだ」

彼女の言葉に彼はうなずく。

「癒しの使い手は欲しいですよね」

アテがあるのに頼まない理由はない。

「三人で行きますか？　素材を運ぶことを考えたら、あと一人くらいいてもいいんじゃないですか？」

リックの疑問に対して、

「あたしも【キャッスルボックス】を買ったから足りると思うよ」

ニーラは即答する。

なるほど、とリックは納得した。

連れ立って教会の前まで行くと、シスター・ヘレナが周囲を掃除していた。

「やば、奉仕活動のタイミングとかぶっちゃったか」

ニーラがうっかりしていた、とつぶやく。

「だとすると誘えないかもですね……」

とリックは言う。

教会の奉仕活動は清掃をはじめ、けっこう種類が多い。

シスター・ヘレナに与えられた役目によっては、採掘どころではないだろう。

「一応、聞くだけ聞いてみよう」

とニーラは言って、さっそくシスターに話しかける。

「さっきぶりだね、シスター」

「お二人とも、どうかしましたか？」

シスターは手をとめて怪訝《けげん》な表情になった。

ニーラは照れ笑いを浮かべながら、事情を話す。

「というわけで、できればシスターにも来て欲しかったんだけど」

「かまいませんよ」

シスター・ヘレナの返事はリックたちには意外だった。

「いいの？」

ニーラが目を丸くすると、

「ええ。ダンジョンを見て回るのもれっきとした奉仕活動ですし、この教会ではわたししかできないのです」

とシスターは言う。

「それなら大丈夫そうですね」

リックとニーラは安心する。

「神父様に話してくるので、少しお待ちください」

シスターはそう言って、ほうきとちり取りを持って建物の中へ入った。

「よかった。シスターがだめなら、ポーションを買おうと思ってた」

とニーラがこぼす。

「そうなりますよね」

リックは相槌を打つ。

優れた癒しの使い手は、いくらでも需要があって、フリーでいるのは珍しい。

シスター・ヘレナみたいな人が例外なだけだ。

「お待たせしました」

シスターは杖を持って戻って来る。

「他にもどなたか誘うのですか?」

と彼女はニーラにたずねた。

「いえ、今回の目的地は北の鉱石ダンジョンの地下二階なので、三人で充分じゃないかな」

ニーラの答えにシスターはうなずいた。

「シスターはそこへ行ったことがあるのですか?」

リックが問う。

「はい、地下三階までですね。たしかにこの三人なら平気だと思いますが、油断は禁物ですね」

シスター・ヘレナは慎重な答えを言う。

「人面樹《イビルツリー》や国母《グランドマザー》スライムと戦ったあとですものね。一応、モンスターの生態系はもとに戻りつつあるらしいですが」

とリックはただ女性たちから逃げ回っていただけじゃないことを示す。

「異変を感じたら引き上げよう。素材は欲しいけど、命を懸けるほどじゃない」

とニーラが言った。

このように気を引き締め合ってから、三人は街の外へ出た。

人の行き来する様子もすっかりもと通りである。

「人間もたくましい自然の一部だな」

とリックは言う。

シグムンドの受け売りだった。

「何なの、急に？」

ニーラが驚いたように彼を見る。

「いや、人の言葉を思い出しただけ」

リックは笑う。

「わたしも人は他の生物と同じだと思います」

シスター・ヘレナが微笑を浮かべて賛成する。

「シスターに言われると、立派なことを言った気になりますね」

とリックが言うと、

「わたしはただの人ですよ」

シスターは大げさだと答えた。

「いやあ、正直リックに賛成かな」

ニーラはリックの肩を持つ。

「えっ、そうですか？」

意外だったらしく、シスターは目を丸くする。

「シスターは徳が高そうです」

とリックが言うと、

「そんなことありません。未熟な身です」

シスターは否定した。

話を変えようとして、リックは質問を放つ。

「これから向かうダンジョンって、どんなモンスターがいるのですか？」

「鉱物が多いダンジョンだけあって、鉄鼠《アイアンラット》と石蛇《ストーンスネーク》が多いかな。厄介なのは岩石鳥《ロックバード》とアルミラージだろうね」

とニーラが答えた。

鉄鼠《アイアンラット》と石蛇《ストーンスネーク》は皮膚が硬くて斬撃に強いが、衝撃と魔法攻撃に弱い。

属性付与された槍を持つリックや、斧で打撃中心の戦い方ができるニーラにとっては怖くない相手だ。

「後ろ二つとは遭遇しないことを祈りましょう」

リックは半分ほど本気で言う。

「今回は他に目的があるんだから、強敵は避けたいよね」

「同感ですけど、いざとなればリックさんがいますよ」

ニーラとシスターも彼の意見に共感するが、シスターのほうは頬を赤くして、もじもじとしながら小声でつけ足す。

ニーラはおやっという顔をして、リックは聞こえないふりをしながら冷や汗をかく。

ダンジョンの入り口はごつごつした岩に囲まれていた。

「洞窟を連想する場所ですね」

と彼が言うと、

「よく言われてるね」

「みなさんおっしゃいます」

ニーラとシスターは微笑む。

入り口は広く三人が横に並んでも充分通れそうだ。

「狭くて囲まれにくい方がありがたいのですが」

「わかるけど、仕方ないよね」

リックとニーラは言い合い、二人並んで歩き、少し後にシスターが続く。

岩のような壁が発光していて、明かりなしでも充分見える。

「便利なところですね」

「松明《たいまつ》を使わなくていいのはありがたいね」

リックにニーラが同意する。

手が塞がらないのはかなりのメリットだ。

彼らが歩いていると、モンスターの死骸を発見する。

「先行者がいるよな、やっぱり」

と言ったニーラの声には若干の焦りがにじんでいた。

「モンスターの数を減らしてもらえるのはありがたいですね」

リックは意識してポジティブな考えを告げる。

「それはたしかに。こっちは三人だし、群れとは遭遇したくないもんね」

ニーラはうなずいて、落ち着きを取り戻す。

「リックさんこそ落ち着いていらっしゃいますよね」

とシスターが指摘する。

「そうありたいと思っているだけですね」

リックは謙遜した。

シグムンドのような冒険者になりたいという願いが大きいのだろう、と彼は思っている。

「採掘場所を目指しますか？　それとも下りるのを優先しますか？」

とリックがニーラに問う。

「まずは下りよう。地下一階の採掘ポイントに今から行っても無駄な気がする」

ニーラは即答した。

「でしょうね」

リックもシスターも小さくうなずく。

ニーラの案内で、彼らはそんなに歩き回ることなく、階段を下りた。

地下一階と二階で、パッと見た印象は変わらない。

ただ、いきなり石蛇《ストーンスネーク》の死骸があったくらいだ。

「死骸は素材として人気がないのですか？」

とリックが問う。

素材として人気のあるモンスターは、文字通り骨も残らないので、原形を留めて放置されるなんてあり得ない。

「ないわけじゃないよ。今回は鉱石の採掘が最優先ってことだろうね」

ニーラは苦い表情で答える。

「収納用アイテムを持ってるとしたら、採り尽くす気満々ってことですか？」

リックはいやな予感を言葉にした。

「そのつもりでいるって、想定しておくほうがいいよ」

とニーラが言う。

ドワーフには自分の欲求に関して底なしに近い一面がある、とリックは耳にしたことがあった。

ニーラの様子から察するに事実なのだろう。

「とは言え、慌てても危険ですしね」

リックは慎重な態度を崩さなかった。

モンスターは彼等《かれら》の事情なんて汲んでくれない。

直後、ニーラが小石につまずいてバランスを崩す。

「おっと」

リックはとっさに手を伸ばして支えるが、中途半端な姿勢だったので、勢いに負けて、彼もバランスを崩してしまい、シスターのおっぱいに頭が着地してしまう。

「あらっ」

シスターもこれには驚いた声をあげる。

「す、すみません」

(まさか【色欲】の誤作動とかじゃないよな?)

リックは冷や汗をかきながら謝り、内心訝《いぶか》しむ。

あわててはいけないと言ったとたんにこれか、と自分に言いたい気分だ。

「コホン、数次第では鉄鼠《アイアンラット》や石蛇《ストーンスネーク》だって脅威だからね」

わざとらしい咳払いをしてから経験者らしいことをニーラが言った。

(なかったことにした!?)

リックは驚いたものの、彼女の気遣いがありがたいのも事実である。

「数の暴力はやばいですよね。範囲攻撃が得意な魔法使いがいるなら別ですが」

と何食わぬ顔をして、彼は相槌を打つ。

空気が変なことにならずに済み、話はそこで終わって彼らは先に進む。

一度もモンスターと戦わないうちに、五人の集団と遭遇した。

一人のドワーフが壁に向かってつるはしを振るい、残りが円をつくって周囲を警戒している。

ダンジョンで採掘する際のセオリーだ。

「やっぱり先を越されてるよなあ」

ニーラは予期していたと舌打ちする。

「あんたらも採掘かい？」

警戒している戦士の一人がニーラを見て声をかけてきた。

「ああ、そうだよ」

「地下二階はもういっぱいだと思うよ」

と戦士は言う。

「だよなあ」

ニーラは嘆く。

わかっていたはずなのに、気持ちを抑えることができないようだ。

彼らがリックたちを見て警戒を解いていないのは、「横取り」を想定しているからだろう。

「警戒しなくても横取りなんてしないですよ」

とリックは無駄かもと思いつつ言った。

「横取り」は先に採掘をしている人たちを襲い、成果を――場合によっては装備と所持金さえも奪う行為だ。

法律で禁止されている悪行のひとつだが、やる者はゼロにならないので、警戒しなければならない。

「はっ、その言葉を信じるバカがどこにいる？」

ニーラに声をかけた戦士とは異なる盾持ちが鼻で笑う。

「それは心外ですね」

と困った顔になったのはシスター・ヘレナだった。

善性のかたまりのような彼女にしてみれば、自分が悪行に加担する、もしくは仲間の行動を黙認すると思われるのは悲しい。

「し、シスター？」

男たちは彼女の存在に気づいてなかったらしく、ぎょっとして声が上ずる。

「なぜ、シスターがここに……？」

おそるおそる戦士が問いを放った。

（厳めしい空気が綺麗に吹っ飛んだな）

とリックは感じる。

よほどショックだったのか、ぽかんと間が抜けた顔になった者までいた。

「ニーラさんに誘われたので協力を」

シスターは清楚で美しい微笑で答え、男たちの鼻の下が伸びる。

（うわ、わかりやすい……）

同じ男のリックでもちょっと引く。

「どこかすいてそうなポイントを知らない？」

ニーラがやれやれという顔で問う。

男たちは顔を見合わせ、一人が答えた。

「この階はもういっぱいだろう。地下三階か四階ならまだあきはあるんじゃないか？」

「……あきがあるだけまだマシか」

ニーラは折り合いをつける。

「そりゃ『錬鉄鉱《れんてつこう》』は採れる周期があるからな」

と戦士が答えを返す。

「邪魔したね」

ニーラは言って、視線でリックたちを促して歩き出す。

「シスターと同じパーティーっていいな」

若い男のつぶやきがリックの耳に届くが、聞こえなかったフリをする。

離れたところでリックは、

「今回の目当ては『錬鉄鉱』だったんですね」

とニーラに話しかけた。

「ああ、あわてすぎて、説明してなかったね」

ニーラは照れ笑いを浮かべる。

「『錬鉄鉱』というのは、三、四か月に一日だけしか採れない、珍しい鉱石なんだ。雑に言うと、今が稼ぎ時」

「雑ですが、わかりやすいですね」

彼女の説明にリックは吹き出す。

「彼らの言葉は疑う理由がない。まず地下三階に行きたいんだけど」

と言ってニーラは彼を見る。

「異論はありません」

リックは即答した。

定期的に発生する出来事なら、騙しようがないだろう。

「わたしもです」

シスターも同意見なので、三人はニーラの先導で地下三階へ下りた。

「うわっ」

直後、ニーラがいやそうな声を漏らす。

彼女の視線には灰色の体毛を持つ一羽の鳥の姿があった。

つぶらな瞳はリックたちを警戒している。

「あれは岩石鳥《ロックバード》ですね」

と言ったリックもニーラの気持ちは理解していた。

岩石鳥《ロックバード》は岩のような硬い体毛を持ち、空を飛びながら小石や砂を吐く。

ひらけた場所ではかなりの強敵である。

「狭い場所なのが幸いですね」

とリックが言ったように、ここはダンジョン内だ。

槍のリーチなら天井まで届く。

「その前向きさは好きだね」

と言ってニーラは微笑み、臨戦態勢に移る。

岩石鳥《ロックバード》は放置しておくには危険度が高いモンスターなので、戦うのはリックも賛成だ。

岩石鳥《ロックバード》のほうも彼らを敵と認定したらしく、「キェエエエ」とかん高く鳴いて、高度を上げる。

天井すれすれの位置になっただけで、ニーラは手が出せなくなり、「ちっ」と舌打ちした。

「――フラッシュ」

シスター・ヘレナが呪文を唱える。

ただ光を放つだけの効果だが、岩石鳥《ロックバード》は直視してしまった。

「ギョエエエ」

苦悶の声をあげて、ふらふらと高度を下げたところを、リックが跳躍する。

自分から見て右側の翼を狙った突きは、カーンという音とともに弾かれた。

（やっぱり硬いな）

とリックは思いながら、横薙ぎの要領で岩石鳥《ロックバード》の胴体部分を殴る。

岩石鳥《ロックバード》は硬くても、体重は軽いので、殴った勢いでダンジョンの壁に体と翼の一部を叩きつけられた。

ダメージは少なくとも、衝撃で翼を上手く動かせず、岩石鳥《ロックバード》の高度が下がる。

そこへニーラが跳躍して、斧で岩石鳥《ロックバード》の頭部を捉えて、

「――粉砕衝撃《メガクラッシュ》ッッ！」

豪快な技で地面に叩きつけた。

轟音とともに、ダンジョンの床にたくさんのヒビが生じ、岩石鳥《ロックバード》の頭部があった場所が

陥没する。

「うわ、すごい」

とリックは目を丸くする。

並みの威力では目の前の光景は生まれない。

（少なくとも、一撃の破壊力はニーラのほうが俺より上だろうな）

と彼は思う。

「いやあ、人面樹《イビルツリー》や国母《グランドマザー》スライムが相手だと、使うチャンスがなかったからね。ようやくって感じだよ」

ニーラは晴れ晴れとした笑顔で言った。

（ストレス溜めてたのかな）

とリックは感じたが、さすがに言いづらい。

「死骸はどうしますか？」

現実的な話題を彼は持ち出す。

「岩石鳥《ロックバード》は需要のある部位が多いし、一羽分なら入る余裕はあるだろうけど、解体してる時間が惜しいね」

ニーラは悩む。

「岩石鳥《ロックバード》の解体、時間がかかりますからね。俺の【キャッスルボックス】につっこんでおきましょうか？」

とリックは提案する。

岩石鳥《ロックバード》は血抜きをしなくても、人気部位は劣化しないという、急いでいるときはありがたい特徴がある。

「何か悪いね。護衛料にイロをつけさしてもらうよ」

議論する時間も惜しいのか、ニーラはすぐに決断した。

リックはうなずいて、自分の【キャッスルボックス】に頭部が潰れた岩石鳥《ロックバード》の死骸を入れる。

「もうモンスターとは遭いたくないいな」

とニーラがこぼす。

「同感ですけど、これは運も絡みますからね」

リックは返事をした。

ダンジョン内でのモンスターの出現に関しては、わかっていないことが多い。

「そうなんだよね。冒険者でも知らないんじゃ、お手上げかなあ」

ニーラは歩きながら弱音を吐く。

「まだわかりませんよ。気休めでしょうけど」

とリックがはげます。

本心なのだが、そうは聞こえないだろうとの自覚はあった。

「ほんとリックは前向きだね」

ニーラは言って、気を取り直した表情になる。

どうやら効果はあったらしい。

「さすがリックさん」

とシスター・ヘレナがニコニコする。

「え？」

リックは褒《ほ》められるほどのことか、と首をかしげた。

「リーダーに向いていると思いますよ」

というシスターの言葉に、

「たしかに。リーダーはリックみたいに、ポジティブで励まし上手がいいね」

ニーラが大きくうなずく。

(何か思ってなかった展開になったぞ……)

リックは内心困惑する。

正直なところ、彼女たちとチームを組んでいるのはただのなりゆきだ。

いざというとき、【色欲】スキルを発動させるには、女性の協力が不可欠なのは事実なのだが……。

地下三階に下りたとき、三人は周囲を警戒して見回したが、今回はモンスターの影は見当たらない。

「ま、そんな何度も階段付近で遭遇はしないか」

とニーラがホッとした声を出す。

「そうですね」

リックが同意する。

彼が経験したかぎりでも、階段付近での戦闘頻度は低い。

歩き出したところでリックは、

「モンスターの死骸が見当たらないですね。これは希望が見えたんじゃないですか？」

とニーラに話しかける。

先行者たちがいればモンスターの死骸が転がっているというのは、彼らが見てきたとおりだ。

「だといいけどね。一応採掘ポイントに行ってみよう」

ニーラは彼の楽観的な意見に対して、慎重だった。

彼らは三階に来てから一度もモンスターとは遭遇せず、採掘ポイントに着く。

「あった。まだ誰も来てないみたいだね。たぶん岩石鳥《ロックバード》がいたせいだろうけど」

とニーラが目を輝かせながら言う。

「メンバー構成によっては、最悪のモンスターですものね」

リックは同意する。

ダンジョン内部は狭くないとは言え、リーチの長い武器か魔法使いがいないと、岩石鳥《ロックバード》に攻撃が届かない。

「俺たちが見張っているので、採掘がんばってください」

「うん、ありがとう！」

リックの言葉に、ニーラははしゃいだ声で返事をする。

ニーラが【キャッスルボックス】からつるはしを取り出している間に、リックはシスターに話しかけた。

「二人なので右か左かという分担になると思いますが、どうしますか？」

「わたしは階段側を見ますね」

とシスターが答える。

「じゃあ俺は奥側ですね」

リックとシスターは背中を預け合うような形で見張りを開始した。

ニーラがつるはしを振るい、カンカンという音が響く。

(不思議な現象だよな)

リックは横目でちらりとニーラの採掘を見ながら思う。

こういう採掘の仕方はダンジョン内部だけである。

通常の鉱脈では、掘られた部分が再生したりしない。

(ダンジョン産の鉱物って、再生するモンスターみたいなんだよな)

とリックは思うが、さすがに言葉にはできない。

敵の姿に気づいたので、彼は思考を中断して、

「シスター」

と小さく呼びかける。

彼の前に現れたのは三匹の石蛇《ストーンスネーク》だった。

「俺だけで大丈夫だと思いますが、一応注意していてください」

リックが言うと、

「心得ました」

シスターは落ち着いた様子で答える。

石蛇《ストーンスネーク》は三方向から、連携するように襲い掛かってきたが、彼らの動きはそんなに速くない。

右側の蛇をひらりとかわし、残り二匹を槍で殴りつける。

最後の一匹はシスターが持っている杖で頭を叩き潰す。

リックがホッとすると、ほとんど間を置かず同じ方向から鉄鼠《アイアンラット》が二匹現れる。

「やれやれ」

とリックは思わずこぼす。

「続いて鉄鼠《アイアンラット》ですか」

シスターは平然としていて、忍耐強さがうかがえる。

「珍しいね。この辺でたて続けにモンスターが出るなんて」

つるはしを振るい終えたニーラが言った。

「ということは、また何かトラブルでしょうか」

リックが首をかしげると、

「同胞たちが強い護衛を引き連れてガンガン奥に進んでいるせいか、レアモンスターのどれかが出たか、じゃないかな?」

ニーラが自分の予想を口にする。

「あなたはどうしますか？」

リックは鉄鼠《アイアンラット》を倒しながら、依頼人の意思を問う。

「今の分だとちょっと足りないから、他のポイントを探したいね。奥に行くほど、量を確保しやすいから」

とニーラは答える。

ダンジョン内の採掘にはそういう傾向があるらしい。

「まだ撤退するほどの危険はないですが」

リックは一応警告を試みる。

「わかっている。命あってのモノダネって言葉は、人間だけじゃなくてドワーフにもあるからね」

ニーラは彼の言葉を途中で遮った。

「それにしても慎重だね。あんなに強いのに」

ニーラはからかう。

「勘弁してください」

リックは情けない表情で返事をした。

事情を話してあるのに、女性に言われるのは彼にとって計算違いである。

「次のポイントはどの辺にあるのですか？」

強引なのは承知で、リックは話を戻す。

「少し奥だね。岩石鳥《ロックバード》を警戒してたなら、誰もいないかも」

とニーラは言った。

第二話　アルミラージ

警戒しながら次の場所まで移動すると、誰もいないようだった。

「あなたの予想は正しかったですね」

とリックが言うと、

「二人を誘ってよかったよ。じゃなかったら、あたしも岩石鳥《ロックバード》を避けるしかなかった」

ニーラは嬉しそうに笑う。

「お役に立ててよかったです」

シスターがにこりと微笑む。

「同じく」

(シスターに言われた)

と思い、リックは同意する。

「じゃあここでも見張りをお願いするね」

ニーラは言って採掘をはじめる。

リックとシスターは先ほどと同じ要領で、見張りをおこなう。

まず現れたのは鉄鼠《アイアンラット》二匹、次に石蛇《ストーンスネーク》が二匹だった。

これらを二人で倒した後、ひと息つく時間が訪れる。

「採掘護衛に慣れていらっしゃるのですか？」

とシスターがリックに話しかける。

「三回目くらいです」

彼は答えてから、

「シスターはどうなのですか？　経験者のように見えますが」

と問う。

「ええ、わたしも何回かあります」

シスターは話す。

「よし、終わった」

ニーラは言ってつるはしを仕舞う。

「さっきよりも早いですね」

リックは驚いてふり向く。

「うん、あんまりいいポイントじゃなかったみたい」

とニーラが嘆息した。

「モンスターの出現は落ち着いたみたいですし、もう少しやってみますか？」

リックは先ほどの慎重論と反対の提案をする。

状況は刻一刻と変わり、冒険者はその都度判断していくので、何もおかしくはない。

「リックがそう言うなら、あと少し付き合ってもらおうかな。シスターもいい？」

ニーラはシスターにも判断をあおぐ。

「ええ。異論はありません」

シスターはいつもの優しい微笑を浮かべて答える。

「よし、じゃあ奥に行こう。リックとシスターがいるから、地下四階でも平気だろうし」

ニーラは気合いを入れるように、自分の両頬を軽く叩いて進み出す。

「過信されても困るのですが」

とリックは一応言った。

「女がいいって言っているのに？」

ニーラは不思議そうに左隣を歩く彼を見る。

「ええ……」

リックは困ってあいまいな反応をした。

（もっと慎みと恥じらいを持って欲しいって、俺に言う資格はないんだよなあ）

と内心、深あぁあくため息をつきながら。

アルミラージは兎のスピードと鉄鼠《アイアンラット》以上の硬い皮膚を持つレアモンスターだ。

「採掘した鉱石目当てですかね？」

とリックがたずねたのは、アルミラージは鉱石が主食だと言われているからだ。

「たぶんね。あいつの突進をまともに食らうと、体に風穴があくよ」

とニーラから忠告が飛ぶ。

「兎系モンスターでもかなり手強《てごわ》いと聞きます」

リックは油断せずに槍をかまえる。

アルミラージは彼らを敵として見なしたのか、鋭い角を向けて威嚇してきた。

兎系モンスターだけあって突進は速く、リックはとっさに右に避《よ》ける。

「うわっ！」

「きゃっ！」

避けられたのは彼一人で、ニーラとシスターの衣服の一部が裂け、肌が露《あらわ》になった。

リックはドキッとしてしまったが、

（そんな場合じゃない）

とすぐに意識をアルミラージに戻す。

アルミラージはゆっくりと向きを彼らへ変える。

今度の突進は、さっきよりも速かった。

「くっ」

リックは紙一重で避けたが、女性たちはさらに服を裂かれる。

そしてアルミラージは、またゆっくりと向きを変えた。

「突進は速いけど、反転はあんまり速くないみたいですね」

リックは分析を口にする。

「問題はあたしらじゃ突進をかわすのはきついってことだね」

ニーラが悔しそうに言う。

「カウンターを試してみます」

避けてばかりでは埒《らち》が明かない。

アルミラージの突進に合わせて、槍を突き出すと、するりとかわされる。

そしてアルミラージは軽快なステップで速度をほとんど落とさずに向きを変え、リックの腹部に体当たりした。

角の一撃はどうにか避けたものの、体当たりをまともに食らったリックは吹き飛ばされ、通路の壁に背中を叩きつけられる。

「リックさん！」

シスターの悲鳴がリックには遠く聞こえた。

「――ヒーリング」

癒しの光がリックの体を包み、激痛はすぐに消えた。

（すごい……）

シスター・ヘレナの治癒の力量に彼は感心する。

彼女クラスの使い手は、少なくとも彼には思いつかない。

「ありがとうございます」

リックはシスターに礼を言って、めり込んだ壁から自分を救出する。

アルミラージはと言うと、シスターの治癒魔法に驚き、警戒の視線を向けていた。

「人との戦闘経験がない個体みたいですね」

とリックは言う。

「少なくとも治癒呪文を見たことないのは確かだと思う」

彼の推測にニーラが同意する。

「では戦いようがありますね」

シスターはニコリと笑い、

「――フラッシュ」

光を放つ呪文を唱えた。

「!?」

視界がやられたアルミラージはパニックになり、その場でぐるぐる回る。

リックはその間に足を狙って槍をくり出すが、「カーン」という金属質の音を立てて、槍ははじかれてしまった。

「硬い。まるで鋼鉄を殴ったような手応えです」

衝撃にリックは顔をしかめる。

穂先が欠けなかったのは、鍛えた職人やニーラの腕がいいおかげだろう。

「となると、アレの出番じゃない?」

ニーラがどこかワクワクした表情で言い、

「出番でしょうね」

シスターは期待するような視線をリックに向ける。

「俺が言うのも何ですが、ノリ良すぎないですか?」

リックはちょっと引いた。

まるで運悪く猫と遭遇した小動物のような——。

(【色欲】スキルの影響を受けているときよりはずっとましだけど)

もっとやばい状況を、最近経験したばかりなので、気持ちを切り替える。

今のままではアルミラージに勝てないのはたしかだから、協力してもらえるのはありがたい。

(とても思わなきゃやってられないよ!!)

こんなはずじゃないという思いで、衝動的に頭をかきむしる。

アルミラージは空気を読まず、リックを狙って突進してきた。

「うひゃっ!」

すっとんきょうな声をあげつつ、彼は間一髪でかわし、アルミラージの角が壁にめり込む。

「ピィー」

アルミラージは情けない声を出し、脱出しようともがく。

「偶然だけど、チャンス」

リックは腹をくくる。

シスターとニーラの露になった肌、かすかに見える下着をじっと見る。

二人の女性はどちらも美形で、男の欲望を刺激するような体つきだ。

「……急に目つきがエロくなったね」

ニーラがうっすらと頬を染めて、照れ隠しでつぶやく。

「変態紳士というやつでしょうか」

シスターのほうは平然とした顔で首をかしげる。

「ぶほっ！」

変態、という単語をシスターに言われたのが、リックの真面目《まじめ》な部分に突き刺さった。

（否定できないけど！）

二人のエッチな姿で、【色欲】がムクムクと起動して、力がみなぎってくる。

自力で壁から抜け出したアルミラージとにらみ合う。

アルミラージは懲りずにまた角を振りかざして突っ込んでくる。

【色欲】が発動したリックは、余裕をもって右にひらりと避け、柄《つか》で薙ぎ払ってアルミラージの顔を壁に叩きつけた。

「ピイイ！」

アルミラージはまたしても声をあげるが、壁に角が刺さったときのものとは違い、怒りが伝わって来る。

頭を振りながらアルミラージは着地し、リックを睨むように見上げた。

「やっぱり硬いな」

とリックはこぼす。

一角鉱兎《いっかくこうと》という異名を持つだけあって、鉱物のような強度だ。

「アルミラージは角をへし折って！」

離れた位置から見守るニーラから指示が飛ぶ。

「それしかなさそうですね」

とリックはうなずく。

本当は女性たちにお願いして【色欲】の出力を上げる、という選択肢もあるのだが、できれば避けたい。

(二人は協力してくれそうだからこそ、甘えたくない)

とリックが考えたところで、アルミラージが突進してくる。

アルミラージが硬くて動きも速いわりに、脅威度が高くないと思われている理由がこれだ。

知能が高くない上に、攻撃パターンは一つしかないのである。

【色欲】による強化がある今のリックは、すでにアルミラージの動きに慣れていた。

槍の穂先でアルミラージの角を受け止める。

それだけでは突進は止まらず、リックは押されて槍の柄の尾が壁に当たった。

アルミラージの角は激しい勢いで、槍の穂先とぶつかったことでヒビが入る。

「ピッ」

アルミラージの口から苦悶の声が漏れ、ヒビが無数に増えていく。

アルミラージは角が砕けても死なないが、体毛の強度は大きく下がる。

リックの槍の突きも今度は綺麗にクビに突き刺さって、

「ピイイイイ！」

アルミラージは絶叫とともに絶命する。

槍を抜くと首から赤い血が噴き出す。

「けっこう苦戦した」

とリックは戦いをふり返る。

「うん、どこも欠けてないね」

リックのそばに近寄ったニーラは、槍の穂先を確認して、満足そうに言った。

「見事な仕事ですよ。安心して戦えました」

とリックは属性付与をしてくれた彼女の腕を評価する。

「ご無事で何よりです」

シスターは言ってから、笑顔をくもらせた。

「ただ、少し気になることがあります」

「何でしょう?」

シスターの懸念は聞き逃せない、とリックは真剣な顔になる。

「アルミラージは人骨を集めるのを好むのです。もしかしたら巣に行けば、不幸な方が見つかるかもしれません」

とシスターは告げる。

「巣を作った個体かどうか、判別できないですが、探してみる価値はあるでしょうね」

リックはうなずいた。

ダンジョン内に発生するモンスターたちには、巣を持つ個体と持たない個体がいる。

現時点で人類にわかっているのは、種による差があるのではなく、個体によるということまでだ。

「あいつらはたしかに人間を食べないけど、普通に殺しに来るからね。死体を戦利品として巣に持ち帰っていても不思議じゃないね」

　ニーラは顔をしかめながら言う。

「それは知らなかったですね」

　リックは初耳の情報に驚きを隠せない。

「できれば巣を探して、供養もできればと思うのですが……」

　シスターは遠慮がちに今回の依頼主《ニーラ》に言う。

「鉱物採掘の護衛」という依頼からは関係ない行動だからだ。

「別にいいよ。シスターには世話になっているし、アルミラージの巣なら、もしかしたら珍しい鉱石があるかもしれないしね」

　ニーラはあっさりと、明るい顔で許可を出す。

「たしかに。俺たちなら巣のものを持ち帰る権利がありますしね」

　リックも賛成する。

　主を倒したあとの巣は危険度も低いだろう。

（珍しい鉱物に目がないドワーフらしいな）

　とリックは思った。

「いや、リックへの特別報酬にするよ。いいものがあればという条件付きで申し訳ないけどね」

とニーラが言う。

「最も活躍したのはリックさんですから、当然の判断です」

シスターもにこやかに彼女に同意する。

「いや、何か悪いですね」

リックは少し戸惑ったものの、いらないとは言わなかった。

体を張った自覚はあるし、何より二人とも譲らないだろうと予想できるからだ。

「むしろあたしのほうが悪いよ」

「一番仕事していないのはわたしでは？」

女性たちが反省の言葉を並べ出したので、リックはあわてる。

「みんな、至らない部分があったということで」

「そうだね」

ニーラはうなずき、

「ダンジョンの中ですし、反省会はあとにしましょうか」

とシスターはリックの意を汲んだ。

「アルミラージの巣の探し方はわかりますか？」

リックがニーラに問う。

「うん。自分でやったことはないけど、聞いてはいる」

ニーラはうなずいた。

「アルミラージは身を隠せる遮蔽物が多いポイントを好む。タイプとしてはアナウサギに近い」

と彼女は言う。

「天敵が多いモンスターに共通することですね」

リックが合いの手を入れる。

「アルミラージの強さって、このダンジョンでも上位に入らないから……」

ニーラがちょっといやそうな表情で言う。

アルミラージの天敵として有名なのは岩石鳥《ロックバード》だ。

岩石鳥《ロックバード》は空から一方的に攻撃できるし、鋭いくちばしでアルミラージの目を抉《えぐ》り、空高くから地面に叩きつけ、弱らせてから食らう。

他にはアルミラージを丸呑みし、じっくり胃酸で溶かす石蛇《ストーンスネーク》も天敵と言えるだろう。

人類から見た脅威度と、モンスターたちの力関係は同じではない。

「だからダンジョンの隅か、くぼみになっているところを探してみよう」

とニーラは告げる。

「おそらくここからそんなに離れてないでしょうね。石蛇《ストーンスネーク》と戦闘になったくらいなので」

リックは推測した。

「石蛇《ストーンスネーク》が来た方角が怪しいですね。消去法的に」

とシスターが彼の言葉を補足する。

「まとめると、隠れやすくて、石蛇《ストーンスネーク》と遭遇しなかったであろう場所か。けっこう絞り込めるね」

とニーラがつぶやく。

「この階で石蛇《ストーンスネーク》が来た方角はこっちからだけですしね」

とリックは自分が受け持っていた方角を指さす。

「ダンジョンは狭くて戦いにくいけど、こういう場合は助かる」

ニーラは笑顔で、彼が示した方角とは反対を行く。

彼らの予想は正しかった。

石蛇《ストーンスネーク》や岩石鳥《ロックバード》と遭遇することなく、ダンジョンの片隅にある大きなくぼみを発見したのである。

アルミラージの巣は主に石や砂、人骨を使って作られることが多い。

「人骨が見当たらないし、作られてあんまり時間が経ってないのかも」

とニーラは外を見て言った。

「中を調べないとまだ安心できませんよ。単に白骨化してないだけかも」

リックはシビアで現実的な意見を話す。

「そうだなあ」

ニーラはいやそうに顔をしかめて、

「誰が行く？」

と仲間たちに問う。

「体格的に俺は厳しいですよ」

リックは即答する。

アルミラージの巣の大きさは個体によってまちまちだが、天敵に見つかって侵入されるリスクを少しでも下げるためか、出入り口はあまり広くないことが多い。

「冒険者が連れ込まれたあとなら俺が無難でしょうけど、外からだとわからないですからね」

と彼は理由を告げる。

大柄な冒険者の死体が運ばれたあとなら、巣の穴も道も広がっているので、彼が適任となるだろう。

彼だけじゃなくてシスターの視線もニーラに向けられる。

「やっぱりあたしか」

予想していた口ぶりで、ニーラは肩を落とす。

体格的に彼女が一番なのは自明の理だ。

「鉱物の目利きはニーラさんが一番ですし……」

シスターが遠慮がちに、彼女が適任である理由を指摘する。

「そうだろうな」

ニーラはうなずき、気を取り直した顔になる。

「リック、一応槍でつついてもらってもいいかな?」

彼女のお願いにリックはうなずく。

「ええ。つがいがいる可能性はありますもんね」

彼は彼女の慎重さに理解を示す。

巣の中にアルミラージがいる場合、ニーラ一人で中に行かせるのはとても危険だ。

リックは槍を巣の中に入れて、あちこちを叩く。

石か岩を叩いているような手応えだった。

十回ほど叩いたとき、奥からうめき声が聞こえる。

「……人の声がしますね」

リックは手を止めて、耳に神経を集中させた。

ニーラとシスターもハッと息を呑み、巣の付近に耳を近づける。

「だれか、いるのか」

「たす……けて」

弱々しい、男女の声が二つ。

「巣に連れ込まれたけど、まだ息があったのか」

リックはつぶやく。

奇跡に近いのではないだろうか。

「救助しましょう」

シスターが張りきった様子で言う。

「そうですね。状況が変わったので、俺が行きますよ」

とリックは申し出る。

男性冒険者が巣に連れ込まれたあとなら、彼が入れる可能性は高い。

「というかみんなで順番に行けばよくない？」

ニーラが彼に待ったをかける。

「二手に分かれるほうが危険ですね」

シスターもニーラに賛成した。

「たしかにそうですね」

とリックも同意する。

彼が不在のタイミングで岩石鳥《ロックバード》がやってきたら、かなり危険だ。

「順番は俺、ニーラさん、シスターにしますか?」

「シスターが最後?」

リックの案にニーラが疑問を述べる。

「ここに出るモンスターだと、シスターならフラッシュの呪文で対応できますからね」

彼が理由を告げると、

「なるほど。その通りだね」

ニーラは納得した。

シスターも小さくうなずいたのは、リックと同じ考えだったからだろう。

「急を要するかもしれないから、安全を確保しつつ迅速に」

「救助できずに全滅するのが一番やばいからね」

リックが言うと、ニーラが相槌を打つ。

「――ライト」

シスターが呪文を使い、手のひらサイズの光の玉を作って、巣の中に玉を移動させる。

「わ」

奥から弱々しい驚き声が聞こえた。

急に明るくなったせいだろう。

アルミラージの巣の中は、人間では光源が必要だ。

リックは槍を片手に用心しながら入っていく。

巣の中の道は彼が余裕をもって通れる広さだった。

「これなら救助は何とかなりそうですね」

と後ろから来ている二人に聞こえるように言う。

「不幸中の幸いだね」

とニーラの答えが返って来る。

巣は鉱物と砂で作られていた。

(匂いはあんまりしないな)

悪臭を覚悟していたリックには意外だった。

巣はそこまで広くなく、すぐに奥に行き当たり、広々としたエリアの中に若い男女のペアが倒れていた。

リックが立ち上がっても余裕があるほど高さにも余裕がある。

彼はそこで脇に移動して、シスターに譲った。

シスターは早歩きで二人に近づき、容態を確認する。

「弱っていますが、命に心配はいらないと思います」

とシスターは言って、二人に治癒呪文をかける。

「やれやれだね」

ニーラはほっと息を吐く。

「この二人はわたしに任せて、リックさんとニーラさんは巣の中をチェックしていただいて大丈夫ですよ」

とシスターは言う。

「いえ、俺は護衛を兼ねて近くにいますよ」

彼女の厚意はありがたく思いつつ、リックは彼女たちの安全を優先する。

「見た感じ珍しい素材は少ないかな。一応調べるね」

ニーラは言って、巣の内部を調べはじめた。

「助けてくれてありがとう」

そこにある程度快復したらしい、少年冒険者が声を出す。

「無事でよかったですよ」

とリックは答えて、おやっと思う。

「たしかネズミ退治のときにすれ違ったような……？」

リックには見覚えのある少年冒険者だった。

「あっ、あのときの人」

少年のほうも彼を覚えていたようで、目を丸くする。

「知り合い？」

ニーラが訝しむ。

「見かけたことがあるってだけなので、知り合い未満ですね」

リックは正確を期した答えを返す。

「アルミラージはどうなったんですか？」

と少年が問う。

「とりあえずここを出ましょう。立てます？」

リックは彼の質問に答えず、脱出をうながしながら手を差し伸べる。

「そ、そうですね」

少年はハッとしてリックの手を取った。

アルミラージの巣は危険だと思い出したのだろう。

シスターが少女に声をかけて助け起こす。

「あたしが最初に出るほうがよさそうだね」

と言ってニーラが先頭に立つ。

リックと少年が続き、それからシスターと少女の順番で巣の外に出た。

「よかった。もうダメだと思っていた」

少年は安どして、ホッと息を吐く。

「危ないところを助けてくれてありがとう。俺はバーニー、こいつは幼馴染《おさななじみ》のシリルです」

少年は頭を下げたあと、少女をポンと叩きながら自己紹介する。

「ありがとうございます」

シリルはバーニーの背中に隠れるような位置に移動し、小さな声で礼を言う。

「どういたしまして。無事でよかったです」

リックが代表して答える形になった。

「二人はどうしてここへ？」

顔見知りである自分が妥当だろうと、リックがバーニーに問う。

「実はアルミラージの角を欲しいという依頼がありまして」

少しためらったあと、バーニーが口を開く。

「アルミラージの角？」

リック、ニーラ、シスターの声が重なる。

（あまりにも意外過ぎる）

とリックは感じた。

「アルミラージがあんなに強いとは思わなくて、失敗しました」

自嘲気味に笑い、肩を落とすバーニーの様子に、リックは違和感を抱く。

冒険者ギルドは冒険者の実力や実績を考慮した依頼を割り振る役目を持つ。

アルミラージが駆け出しの冒険者の手に負える存在ではないと知らないはずがなく、バーニーたちが依頼を引き受けるのを認めないはずだ。

「冒険者ギルドを通した依頼じゃなかったのですか？」

この問いでニーラの表情もけわしくなる。

バーニーは戸惑った表情で、

「ギルドを通した依頼じゃないと、何かまずいんですか？」

と聞き返す。

リックとニーラはダンジョンの天井をあおぐ。

「何も知らない新人を狙った闇依頼か……」

と言ったのはニーラだ。

「ダンジョンから戻りながら説明しましょう。いいですか？」

リックが確認したのはバーニーたちではなく、依頼人のニーラだ。

「いいよ。欲しいものはかなり集まったから」

ニーラは笑顔で引きあげを承知し、帰路につく。

帰り道、リックはバーニーの隣を歩きながら、冒険者ギルドを通さないリスクを話す。

「なるほど、敵の強さもわからない、どんな状況かもわからない、さらに報酬がちゃんと払われるかもわからないことが多いのですね」

リックから聞いたことを要約したバーニーの顔は青い。

危険な橋を渡っていたのだと理解したのだ。

「依頼人は誰なのか、聞いてもいいですか？」

とリックはストレートに問う。

「パトリックと名乗る、茶色い帽子をかぶった商人風の男です。ある金持ちからの極秘依頼と言ってました」

バーニーは顔をしかめながら答える。

「知らない名前だね。シスターは？」

ニーラはシスターに問う。

「わたしも聞いたことがないです」

「俺もまったく記憶にないです」

とリックも念のため話した。

「えっ……？」

バーニーとシリルは困惑する。

「取り引き先がそれなりにあるニーラさん、慈善活動などで顔の広いシスターが知らないって、街の人ではなさそうですね」

とリックが自分の意見を述べた。

「単に偽名を使っただけでは？」

ニーラが鋭く言う。

「あり得ますね。闇依頼だと、本名を正直に名乗る奴のほうが珍しいのかも」

とリックが同意する。

彼自身は一度も闇依頼を持ちかけられたことがないので、推測でしかないのだが。

「……やばい案件だったのでしょうか」

バーニーは今さら気づいたと、唇を噛む。

「おそらくとしか今は言えませんが」

とリックは言う。

「アルミラージを倒すならD級のパーティー、個人ならC級ってところかな？」

ニーラが基準を話すと、バーニーの表情が固まる。

「それって倒すだけなら、ですよね？　角を壊さずにって条件をつけるなら、B級じゃないと厳しいと思いますよ」

とリックは指摘した。

彼だって角を破壊して弱らせてから倒したのだ。

「B級って地方だと英雄、大都市でも精鋭って呼ばれる領域じゃん」

シリルがびっくりした顔で言う。

（その辺の知識は持っているのか）

とリックは意外に思った。

アルミラージの手強さを知らなかったみたいなので、アンバランスな気がする。

「教えてもらう機会がなかったのなら、やむを得ないと思います」

シスターが優しく同情的な口調で、バーニーとシリルをなぐさめた。

「だから言ったじゃん。バーニーのバカ」

小声でシリルが不満をこぼす。

「まあまあ、命があってよかったよ」

雰囲気が険悪化する前に、ニーラがシリルをなだめる。

街が見えてくると、シリルの目に涙が浮かぶ。

「よかった。もうダメだって思っていたの」

彼女の言葉には真情がこもっていて、バーニーがものすごく気まずそうな表情になっている。

「とりあえず冒険者ギルドに顔を出して、報告しないと」

とリックが言うと、バーニーが顔をしかめた。

「やっぱり、報告されるんですね」

いやだという感情を隠せていない。

「闇依頼はそれだけ、新人冒険者にとっておそろしいものなので」

リックは念には念を、の精神で釘を刺す。

「ちょっとバーニー」

と言ったシリルの声には、明らかに怒りが込められている。

「つい言ってしまっただけで、反省しているよ」

バーニーはあわてて言い訳した。

怒った彼女には頭が上がらないらしい。

(微笑ましいな)

とリックは思うことにした。

彼らが無事に帰れるからこそ余裕があるのだが。

「はあああああああああああああ!?」

最初にこやかにリックたちを出迎えてくれたギルドの受付嬢だったが、彼らの報告を聞いた結果、鬼の形相へと変わる。

何も悪いことをしていないリックですら、ついバーニーとシリルと一緒に、首をすくめたほどの迫力だった。

「コホン」

リックの様子に気づいた受付嬢は、咳ばらいをしてにこやかな表情を作る。

「リックさん、ニーラさん、シスター、報告と救助をありがとうございます。上にあげておきます」

「いえ、できることをやっただけです」

リックはなるべく波風が立たないように、注意しながら答えた。

怒れる美女は、笑みを浮かべていても怖い。

「だいたいアルミラージの角なんて、何に使うんだ？　武器や防具、装飾品には使えないだろうに」

とニーラが疑問を口に出す。

「俺もまったく思いつかないですね」

「わたしもです」

リックだけでなく、シスターにも心当たりはない。

「冒険者ギルド職員としても聞いたことがないので、おそらくまともな用途ではないですね。金持ちのコレクション用かもしれませんが」

と受付の女性は答える。

「それが一番平和ですね。可能性はほぼないでしょうけど」

とリックが言うと、

「コレクションならギルドに依頼を出せばいいからね。アルミラージの角なら、違法じゃないんだし」

とニーラが答えてうなずいた。

「闇依頼で来るのは、違法行為か、危険すぎてギルドが認めないものばかりですから。バーニーさんとシリルさんは、もう身をもって知ったと思いますが」

と受付嬢が言う。

「はい」

「懲りました」

バーニーとシリルは神妙な顔で答える。

「闇依頼を誰が持ってきたのか、聞き取り調査はあとでおこなわれるでしょう。そのつもりでいてくださいね」

受付嬢に言われた二人はもう一度うなずく。

(大変なのはこれからかもしれないな)

とリックは思うが、今の自分にできることはない。

動きがあるまではいったん脇に置いておくべきだった。

第三話　大浴場パニック・前編

リックが宿に戻ったら、受付の色っぽい女性が、困惑しきった表情で、

「ちょうどよかった。よくないお知らせがあるんです」

と話しかけてきた。

(珍しいな)

とリックは思いつつ、話を聞く。

「どうかしたのですか？」

「実は風呂釜が何者かに壊されてしまったみたいなんです」

「……は？」

リックは一瞬自分の耳を疑った。

宿の風呂釜の作りはシンプルで、その気になれば壊すのはあまり難しくないだろう。

「だけど、誰がいったい何のために？」

リックは言って首をかしげた。

まだ「女湯を覗く変質者が出た」と言われたほうが理解できた。

「街の騎士団には連絡しましたが、すぐに犯人を見つけるのは難しいだろうとのことです」

と受付の女性は答える。

「それはそうでしょうね」

リックは冒険者となってからも、なる前でもそういった話を一度も聞いた記憶がない。

下手すれば国母《グランドマザー》スライム出現に匹敵するような珍事ではないだろうか。

「そういう理由なので、本日お風呂は使えません。お湯と布を用意することはできますが」

と受付の女性が言う。

「風呂釜の修理や新品の購入はすぐにはできないのでしょうね」

とリックは納得する。

風呂業界についての知識がまったくない彼は、そんなこともあるだろうと深く考えなかったのだ。

「それが、どうやらウチ以外もいくつもの宿や民家で被害があったらしく、今業者さんが対応に追われていて大変みたいです」

「……えっ？」

受付の女性の困った発言に、リックはまたしても意表を突かれる。

「かなり悪質ですね」

一軒だけなら事故、あるいはいたずらの可能性もあったが、いくつもとなると明確な悪意があるとしか思えない。

「冒険者の方でもそう思いますか」

受付の女性は肩を落とす。

リックのような冒険者なら、何か知っているかもという淡い期待を持っていたようだ。

「依頼があるなら動きますけど、管轄が違う気はしますね。騎士や騎士団の仕事だと思います」

申し訳なく思いながら、リックはしっかりと伝える。

「ええ。冒険者ギルドにも同じことを言われました」

と受付の女性はため息をつく。

「力になりたいのはやまやまなのですが……」

リックは言いよどむ。

騎士団は領主に雇われている役人たちだ。

そして役人というのは、自分たちの職分を侵されることを非常に嫌う。

この暗黙の了解を破るなら、冒険者ギルドの立場は苦しいものへなりかねない。

「いえ、無理を言うつもりはなかったんです！　ちょっと愚痴ってしまっただけで！　だからリックさんが責任を感じないでください！」

受付の女性はあわてて手と首をふり、明るい顔で元気よく言った。

「わかりました」

無理をしているのは女性の機微に疎いリックでもわかったが、指摘しても気まずい状態が続くだけだろう。

「この街って公衆浴場ってありましたよね？」

話を切り替えるため、リックは自分の記憶を掘り起こす。

街を歩いた結果、公衆浴場（銅貨《どうか》で入れることから銅貨湯《ゆ》とも呼ばれる）があることは確認している。

「ええ。そちらになさいますか？」

受付の女性の言葉にリックはうなずく。

宿泊費に風呂代が入っているので、宿の風呂を利用していたのだが、使えないなら公衆浴場に行くのも悪くない。

「そうですね。今日は公衆浴場に行きます」

リックが答えると、女性は銅貨をカウンターの上に置く。

「お風呂代は返却することになりました。一部を公衆浴場の入湯料として使ってください」

「わかりました」

リックは銅貨を受け取って、一度自分の部屋に戻った。

「やれやれ」

槍を置きながら思わず言葉が漏れる。

宿の風呂釜が壊されるなんてトラブルは、さすがに想像の斜め上だ。

「シグムンドさんにアカナメって化物がいるのは聞いたことあるけど……」

シグムンド曰く、風呂掃除をさぼっている家に現れる異形で、溜まった風呂アカを舐めるだけで、人間に一切危害を加えない。

周囲に話すと「風呂掃除をちゃんとやれ」と呆れられて終わる、笑い話の一種として扱われるという。

「風呂釜を壊せるなら、殺傷力はありそうだな」

とリックは興味を持って考察してみる。

もっとも人的被害は今のところゼロらしい。

風呂釜を壊しただけなら器物損壊罪が適用されるし、やったのが誰かわからないうちには冒険者の出番はないだろう。

「考えていたら風呂に行きたくなった」

とリックはつぶやく。

「少し早い気もするけど、行ってみるか」

この街の公衆浴場を利用したことがないので、この時間帯にどんな客が来ているのか、想像もつかない。

リックは着替えを用意して、さっそく公衆浴場へと出かける。

彼の目に止まったのは、大通りに面している大きめの施設『木漏れ日と踊る乙女』というところだ。

「詩的な施設名だな。ここにするか」

(公衆浴場と言うよりは、演劇場につけられそうな名前だ)

と思いながら、リックはドアを開ける。

「見かけない顔だな」

中の受付カウンターに座っていたのは、いかつい顔のおじさんだった。

「最近この街に移ってきた冒険者です」

言われ慣れているリックは、言い慣れたことを言った。

「なるほど、宿の風呂釜も壊されたって聞いたが、本当のようだな？」

「ええ」

隠す必要がないので、リックは認める。

「冒険者ならモンスターに詳しいだろう。こんなことする奴を知らないか？」

とおじさんは問う。

「見たことも聞いたこともないです。人間が犯人という可能性だってあるのでは？」

リックは正直に答える。

「風呂釜を壊してどうするんだよ？　盗むほうがまだあり得るだろ」

おじさんは呆れて言い返す。

「そうなんですよね」

正論だとリックは認める。

「だいたい、風呂釜だけ壊すって変じゃないか？　窓やドアは何で壊されなかったんだ？」

「まったく同じ意見です」

おじさんの疑問にリックは心から共感した。

「まったくいやになるぜ。騎士団にウチの経営状態を聞かれてよ。まるで客を呼ぶために、俺が風呂釜を壊したみたいじゃないか」

とおじさんはため息をついて愚痴る。

「……その発想はなかったです」

リックは本気で驚き、目を見開く。

たしかに今回の事件で、最も得をしたのは公衆浴場だろう。

「兄ちゃんは悪党の才能も、犯人捜しの才能もなさそうだな」

とおじさんは言った。

「誉め言葉だと思っておきます」

リックは愛想笑いを浮かべる。

特に前者は欲しくない。

「愚痴ってすまなかったな」

おじさんは初対面の相手に言うことじゃなかったと反省する。

「いえ、大変な状況だと理解できました」

リックは気にしてないと笑う。

実際、本音を聞かせてもらえるのは、信頼されやすい者の条件であり、彼にとって理想像である。

(今回はたぶんたまたまだが)

いつかもっと信頼されたい、と彼は思うのだ。

「兄ちゃんくらい物わかりのいい冒険者も珍しいな。風呂上がりの飲み物を一杯サービスしてやろう」

「それはありがとうございます」

気前のいい発言に驚きながら、リックは入湯料を払う。

「男湯は左だ。ウチは混浴じゃないから気をつけろ」

「了解です」

リックは答えながら、

(この街は混浴の施設もあるのか)

と内心びっくりする。

混浴施設なんて行けば、絶対【色欲】が発動してしまう。

(よし、近づかないでおこう)

リックはひそかに決意して、男湯に入る。

中は意外なことにガラガラだった。

「風呂釜を壊された人たちもいるから、普段は来ない人と会うかもって期待していたんだが……」

あてが外れたせいで、リックは思わず声に出してしまう。

（来る時間帯を間違えたか？）

と首をひねる。

公衆浴場の客はどの時間帯に多いのかなんて、まったく知らなかったが、こういう形で影響が現れるとは。

「仕方ない」

あとから客がやって来るか、公衆浴場でなければ、聞けない話がないことを祈ろう、とリックは体を洗う。

そしてよく水で流してから、湯がたっぷり入った大きな浴槽に体をつける。

「ふーっ」

思わず声が漏れた。

（これはこれでいいものだ）

大きな浴槽に入って、手足を伸ばしてゆっくりできるのは、公衆浴場の長所と言える。

少なくともよほどの金持ちでなければ、このサイズの浴槽を自宅に用意して維持することはできない。

（ミランダさんの家ならできそうだけど）

とリックはふと思った。

彼にとって金持ちと言えば、最初に彼女が頭に浮かぶ。

湯につかってぼんやりとしていると、隣の壁から女性たちの話し声が聞こえてきた。

「えーっ、ミランダさんの家も壊されたんですか!?」

「そうなんですよ。いったい誰がどうやって、あんなことをしたのか」

二人の女性の声はどちらもリックには聞き覚えがある。

（リンとミランダさんっぽいな）

珍しい組み合わせだと思うが、国母《グランドマザー》スライム関係の事件で面識はあるはずだ。

若い女性同士、すぐに打ち解けたのかもしれない。

「あたしたちが泊まっている宿のお風呂も、壊されて使えないんですよ！」

とリンの憤慨した声がよく聞こえる。

「お風呂に入りたかったので、困りました」

という声はおそらくエルだ。

リンがいるなら、エルがいても不思議じゃない、とリックは納得する。

「いろんな人が言っているわね。またこの街で何かが起こっているのかしら？」

ミランダはさすが商人らしく、ある程度情報を持っていそうなことを言う。

「ええええ……またですか」

ちょっといやそうな声を出したのはエルだ。

（気持ちはわかる）

とリックは声には出さず同意する。

大きな都市なら、モンスター絡みのトラブルはそれなりに発生するものだが、この街の規模で連続するのは珍しい。

「あーっ、ほんとひどい！　でもここのお風呂よさそう！」

リンの感情の動きが目まぐるしい。

怒りの声をあげた直後、いきなり上機嫌なものに変わった。

「ええ、人から情報を集めてみたら、評判がよかったからここにしたの。そこであなたたちと会うなんてね」

とミランダがよく通る声で言う。

「わたしたちも評判を聞いて、ここに決めたんですよ」

エルがミランダに答える。

(そうなんだ!?)

リックは驚きを隠せない。

彼ももっとしっかり調べたら、この公衆浴場の評判を聞けたのだろうか。

「来た感じ、意外とお客少ないですよね。評判がいいなら、もっと混んでいると思った。お風呂の釜が壊されているんだし」

とリンは言った。

(そこは俺も疑問に思っていた)

声に出すと気まずいので、心の中でリックは賛成する。

「単純にまだ日が高いからじゃない？　日が沈んだあと混雑するとも聞いたから、私はこの時間に来たのよ」

とミランダが答えた。

「それはあるわね。だからあたしも今のうちに入りに来たんだし」

と言ったのはリックにとって聞き覚えのある声である。

「宿の人は今の時間帯がねらい目ですよね、キャロルさん」

とミランダが応じた。

（宿の人？　やっぱりあのやけに色っぽい女性なのか）

リックは自分の耳が間違っていないことと、あの女性の名前がキャロルだということを知る。

女性たちの会話はにぎやかなので、客が一人増えていたことに気づかなかった。

「なるほど、そうだったんですね」

エルが納得の声をあげる。

「てへ。単純すぎる理由だった」

リンが舌を出したところが、リックには想像できた。

（まあ、何でもかんでも謎が発生するわけがないよな）

と半ば自分に言い聞かせる。

どんな魔境だという話になってしまう。

複数の種族が暮らす、住民の多い大都市ならあり得るのかもしれないが。

今はまだ無理だろうが、いつか大都市で活動できる冒険者になる、というのが今のリックの小さな目標の一つだ。

大都市で活動できるほうが、シグムンドに語った大きな夢に近づけるという期待もある。

「そうだ！　商品について悩んでいることがあるの。よかったら相談に乗ってもらえないかしら？」

　いいことを思いついたとばかりにミランダが声をあげた。

「はい、いいですよ！」

　リンは元気よく即答する。

「わたしたちでお役に立てるでしょうか？」

　エルのほうは少し不安そうだ。

「今開発しようとしている商品は、女性冒険者向けだから、率直な意見を聞かせてもらえれば、それだけでありがたいのよ」

　とミランダは話す。

「そういうことなら」

　エルは安心したようだ。

「女性だとファッション性も気になるわよね？」

　ミランダは切り出す。

「たしかに可愛いほうがうれしい！」

　リンは即答する。

「命懸けの状況にそんなこと言っている場合じゃないですけど、選べるなら可愛いほうがいいですね」

とエルも相槌を打つ。

(女性の感性って、全然わからん)

リックは壁を隔てた浴槽で、顔に三つハテナを作る。

冒険者はエルが言う通り、己の命を懸ける職業だ。

なのに、ファッションを気にしてどうするのだろう?

(あっ、だから、俺には女心がわからないって、以前言われたのか?)

もう、数年前の話だが、言った人間の呆れた顔をセットで思い出して、リックは自分の心の繊細な部分にダメージを負う。

「……自分を傷つけるのはやめよう。あと聞き耳を立てるのも」

彼女たちの会話を聞いているのは、ただの偶然に過ぎない。

けど、ずっと聞いているのはマナーとしてよくないだろう。

(それに、いつまでもつかっていたらのぼせてしまう……)

という健康的な理由もあったので、リックは立ち上がる。

「あれっ? 何かお風呂の色が変じゃない?」

不意に壁の向こうから、リンの声が聞こえてきた。

「ほんとだ。何か色が変わったわ」
ミランダの声に驚き、困惑、警戒の三種の感情が混ざる。
先ほどまでのなごやかな雰囲気は消えていた。
（……まさか？）
リックはいやな予感がして足を止める。
振り向いて大浴場の湯を見てみるが、こちらのほうには何の異常も見られない。
「魔力を感じます！」
とエルが警戒のこもった声を出す。
（こっちには関係なさそうだな）
何かが起こっているのは女湯だけの可能性が高いとリックは判断する。
（何者だって言いたいところだが……）
風呂釜を壊される事件が相次いだ直後なのに、無関係だろうか？
いずれにせよ、女湯では手を出すのも難しい。
（せめて誰もいなければな）
受付をしていたおじさんに事情を話し、槍を持って戦いに行ってもよかった。
さすがに女性たちがいるとわかっていて、全裸で突撃はためらわれる。

ミランダやキャロルは戦えないはずなので、リンとエルに期待するしかないだろう。

「えっ!?　何あれ!?　クラゲ!?」

リンの叫びが聞こえる。

「かなり大きいわね」

と言ってキャロルは息をのんだようだ。

「リンちゃん、脱衣室から剣を持ってきて！」

エルが切迫した声で指示を出す。

「わかった！　剣が通じるか怪しいけど」

リンは答えてあわてた足音が響く。

「――アイス」

エルの呪文が聞こえる。

クラゲモンスターなら、凍らせればいいという判断か。

（……俺も一応準備はしたほうがいいか？）

リンとエルの二人で倒せるのが一番だが、戦力が足りない可能性はある。

リックはトランクスを穿《は》いて、受付に行く。

「うおっ!?」

彼の様子に気づいたおじさんが仰天した声を出す。

それからハッと我に返って、

「ここは女性客もけっこう来るんだ。ちゃんとした服装で出て来い！」

と怒鳴りつける。

「正論だけど、事情があるんです。どうやら女湯でモンスターが出たみたいです」

リックはあわてず落ち着いた口調で事情を話す。

（だんだん慣れてきた気がする。とても不本意だけど）

変態だと誤解されるのに、慣れたくない人生だった。

「ああ、そういや何かドタバタ音が聞こえてきたな」

おじさんは女湯の入り口に目を向けて、すぐに視線をリックに戻す。

「お前さんがウソをついているとは言わないが、女湯に入るのはナシだぜ？　女性客が何人も入っているんだ」

けん制するような目つきでおじさんは言う。

「話し声が聞こえてきたから知っていますよ」

とリックは答える。

全員が知り合いだったのは偶然だろう。

（【色欲】のことを知っている人たちだから、いざとなればどうにでもなるか）

とリックは考えている。

もちろん使わずに事態を解決できるのが一番だが……。

「ふん、何なら騎士団に来てもらえばいい。スライムがいっぱい出たときも、けっこう活躍していたからな」

おじさんはあわてずに意見を述べる。

「騎士団？　ああ、なるほど」

リックとは接点がほとんどない人たちなので、失念していた。

「活躍していたんですね」

「知らないのか？」

おじさんが怪訝な顔をする。

（となると、俺がスライムから助けたミランダさんは、運が悪かっただけか？）

リックは思案した。

たしかに彼女は運が悪そうだと思ったところで、入り口のドアが開いて一人の若い女性が入って来る。

「お父さん、ただいま。きゃああ!?」

女性はおじさんにあいさつしたあと、リックを見て悲鳴をあげる。

「へ、変態！」

「違いますよ!?」

リックは条件反射で力いっぱい否定した。

（何もしてないのに……）

とリックの紳士魂《ジェントルマンソウル》にダメージが入る。

「まあ、落ち着け、フリーダ」

おじさんが娘をなだめにかかる。

「こいつは女湯で異変があったことを知らせてくれたんだ」

「変態は否定して欲しかった……」

リックはがっくりと肩を落とす。

擁護してもらえると思っていたのに、まさかの友軍《フレンドリーファイア》からの追い討ちだった。

あまり打たれ強くない紳士魂《ジェントルマンソウル》がそろそろやばい。

「パンツ一丁の男を見た年頃の娘の反応としては、おかしくないだろう」

おじさんは娘のほうを庇う。

「それはそうですね」

リックは自分が誤っていたと理解した。

(父親が赤の他人より、自分の娘の味方をするのは当然だな)

という現実を、甘く見ていたことも。

父の発言とリックの様子を見て、フリーダと呼ばれた女性は冷静になって、

「異変？　女湯で？」

と聞き返す。

リックに聞かなかったのは当然だろう。

「ああ。たまたま冒険者のお嬢ちゃんたちが入っているときだから、何とかなると思うんだが、念のため騎士団に知らせてくれないか？」

「わかった。行ってくる」

父親に落ち着きながらも真剣な様子に、フリーダはうなずいて外に出て行く。

「俺はどう動くべきでしょうか？」

リックも冷静になって、おじさんに質問する。

公衆浴場で発生した事件なので、オーナーの意向を確認するのは大事だ。

「まずは服を着ろ。急を知らせてくれたから咎《とが》めないが、娘が女性騎士を連れて戻ってきたとき、そのままでいたら本物の変態だぞ」

おじさんはため息をつき、どこか遠慮がちに言う。
「……その通りですね、わかりました」
リックは恥ずかしさを抱きつつうなずく。
たしかにいつまでもパンツ一丁でいれば、本物の変態だと誤解されかねない。
（スキルは変態だけど、俺は違いますよ。……弁明としてひどすぎるな）
リックは脳内に浮かんだ言葉を、自分で却下する。
羞恥プレイになってしまいそうだ。
ひとまず脱衣場に戻って服を着る。
「武器を持ってくれれば……いや、ダメか」
リックはすぐに自分の考えを打ち消す。
女湯なら彼の出番がないほうがいい。
（何が起こっているのか謎だけど、騎士団が来れば大丈夫だろう）
とリックは信じることにする。
「すみません、飲み物をいいですか？」
受付に戻っておじさんに問う。
万が一に備えて入浴で失った水分を補給しておきたい。

「ああ、麦酒《エール》や林檎酒《シードル》がおすすめだ。風呂上がりの一杯は最高だぞ」

おじさんは笑顔ですすめてきた。

(同好の士だ)

とリックはその表情を見て直感する。

「知っていますよ。冒険があるのでひかえているだけです」

という説明はウソではないが、すべてを語ったわけじゃない。

酔って理性が低下すると、【色欲】の制御能力が下がる気がしているからだ。

こわくて検証もしていないので、考えすぎかもしれないが。

「なるほど。冒険者らしくないな、お前さん」

おじさんはちょっと感心したようだ。

「よく言われます」

リックは苦笑する。

自分の理想像《シグムンド》の背中を追いかけているのだが、冒険者としてはすっかり少数派になってしまった。

「いい客なら俺は何でもいいがな。どっちがいい？　それとも両方飲んでみるか？」

とおじさんはすすめてくる。

「水でお願いします。酒は事件が解決したあとで」

リックは即答した。

「そりゃそうだな」

おじさんはちょっと残念そうだったが、無理強《じ》いはせず、水を出してくれる。

「美味《うま》い」

一気に飲んだリックは目をみはった。

風呂上がりという状況を引いても、美味い水だ。

「当たり前だ」

おじさんは得意そうに笑う。

直後、ドアが開いてフリーダが女性騎士を二人連れて、入って来る。

「まだ解決していない？」

と彼女は父親に問う。

「お客はまだ出てこないから、戦闘中なんじゃないか？」

おじさんの返事を聞いて、女性騎士たちが前に出る。

「失礼します」

「最悪、建物や設備を壊しますが、かまわないですね？」

二人の女性の視線を浴びて、おじさんはうなずいた。

「客の命には代えられない」

「ご理解ありがとうございます」

と言って女性騎士たちは女湯へ入っていく。

「お父さん、ちょっと危機感低くない？」

フリーダが咎めると言うよりは、不満をぶつける。

「俺にできることなんてかぎられている。じたばたしても同じだ」

おじさんは諭すような口調で答えた。

「そうだけど……」

フリーダは言いよどむ。

言い返したいが、言葉を思いつかないという表情だ。

雰囲気がリックにとって気まずいものになりかけたとき、

「キャーッ!?」

「何なのこいつ!?」

女性騎士たちの悲鳴が聞こえる。

「ウソでしょ」

「まさか」

フリーダとおじさんは、それぞれの言葉で驚愕を表す。

「ウソだろ……？」

リックだって意表を突かれた。

騎士団はモンスターや盗賊などから街を守る役目を担っていて、少なくとも駆け出しの冒険者たちよりは強い。

そんなあっさり負ける相手はザラにはいないはずである。

第四話　大浴場パニック・後編

「ど、どうしよう、お父さん？」

フリーダは真っ青になって、父に縋《すが》る目を向けた。

「騎士たちが負ける相手なんて、どうすりゃいいんだ？」

父のほうも似た表情で、頭が真っ白になってしまっているようだ。

（まずい……）

とリックは直感した。

本来なら、有力な女性冒険者を探しに行くのが最善手だとは思うが、どれだけ時間がかかるかわからない。

そうなると女湯の中にいたミランダたちが心配だ。

「すみません、俺が助けに行ってもいいですか？」

とリックはおじさんに問う。

「騎士があっさり敗れるモンスターがいるなら、助けに行くのは速い方がいいと思うんです」

　あせりもあって早口になってしまったが、おじさんは聞き取れたらしく、目を丸くする。

「緊急事態だから、勝てるなら行ってくれてかまわないが、お前さん勝てるのか？」

　当然と言えば当然の疑問に、リックはうなずく。

「状況的に問題ないと思います」

　裸の女性が四人、女性騎士が二人もいるなら、【色欲】が力を発揮できる条件は整っている。

「ああ、なら行ってくれ。何かあったら俺が証言するし、責任を持つ！」

　おじさんは素早く決断し、力強く言い切って自分の胸を叩く。

　フリーダは状況を飲み込めないのか、ぽかんとしている。

「ありがとうございます」

　公衆浴場のオーナーに責任が行くのは必然と言えるが、リックは野暮なことを考えなかった。

「おっと、武器の代わりにそこのモップを借りますね」

　リックは言って、壁に立てかけてあるモップを手に取る。

「モップ？　大丈夫なのか？　ナイフか包丁くらいなら貸してやれるぞ」

おじさんが一転して不安そうな表情になる。

「こっちのほうがリーチがあるので」

とリックは弁明して、女湯に駆け込む。

脱衣室などは男湯と同じである。

女性騎士たちの姿がないことだけ確認して、リックは続くドアを開けた。

そこには絶景——ではなく、リックの予想していた光景が広がっていた。

ミランダ、エル、リン、キャロルの四人の首から下に、大きなクラゲのようなモンスターの触手が絡みつけられている。

ミランダ、エル、キャロルの三人の胸に触手がいやらしく巻きついているのは、モンスターのスケベ根性だろうか。

モンスターのサイズは大きな傘を広げたくらいで、触手を入れた高さは女性の平均身長くらいはある。

少し離れたところで、先ほど突入した女性騎士たちも拘束されていた。

女性騎士たちのほうは、武器を叩き落とされ、触手に拘束され、防具を溶かされて衣類が見えたところだった。

「お、男？」

長髪の女性騎士の一人がまずリックに気づく。

「冒険者か？　すまない」

もう一人の短髪の女性騎士は悔しそうに端正な表情をゆがめる。

「り、リックさん」

ミランダがちょっとうれしそうな顔をした。

足のような触手は透けているので、彼女の見事な裸体が見えており、リックはそっと視線を外す。

それでもチラッと見てしまう。

「ま、魔法が効かない、です。気をつけて」

と大きな胸が露になっているエルが、リックに警告を発する。

もう一度モンスターを見てみれば、たしかに傷一つない。

「物理攻撃も効かなかった」

女性騎士が悔しそうにつけ加える。

「魔法も物理攻撃も効きにくいのですか」

かなり厄介な性質だ。

女性騎士たちがあっさり捕まった理由にリックは納得する。

「勝てないなら、助けを呼びに行ってくれ。このままじゃ大事になる」

と言った女性騎士の衣類（おそらくインナー）は溶かされ、白い下着が露になった。

「ううう……」

恥ずかしさに悶え、悔しさに震える美貌の女性騎士の様子は、喜ぶ男はとてもいそうだな、とリックは思う。

「くっ、いっそひと思いに殺せ」

ともう一人の女性騎士が言った。

恥辱に耐えがたいらしく、顔が真っ赤になっている。

「待ってください、今助けます」

リックはあわてて、もう一度五人のあられもない痴態を、ガン見にならないよう、チラッチラッと見る。

裸の女性が三人、下着姿にされた女性が二人もいるので、いつものお願いを言わなくてもいいのが、彼には気楽だった。

エルとミランダが彼の視線の動きに気づいて、「いつもの」という表情になったのは、見なかったことにしたい。

好き好んでやっているわけじゃないのだから。

五人のあられもない姿を何度も見たおかげで、【色欲】のスイッチが入る。

「!?　魔力の量と質が変わった？」

女性騎士がリックの変化に驚愕した。

（さすが騎士となると、わかるものなんだな）

とリックは思う。

もしかしたら、シスター・ヘレナとエルは気づいても口に出さなかっただけかもしれないが。

手にしたモップに魔力を通して、纏《まと》わせる。

愛用の槍じゃないのは難点だが、疑似的に槍の代わりにできるはずだ。

このとき、クラゲのようなモンスターは、ようやくリックを敵と認識したらしく、何本もの触手を伸ばしてくる。

「気をつけて！　触られると、体から力が抜けます！」

女性騎士の一人が忠告を放つ。

リックは何度もひらりと避けるが、大浴場なので、足場がよくない上に、逃げられる場所も限られている。

（やられる前にやれだな！）

とリックは決断して、クラゲの本体を直接狙える位置に移動した。

触手がリックの足に絡まって、

「あぁっ？」

女性たちの悲鳴が響く。

だが、【色欲】のおかげで触手が持つ弱体化効果《デバフ》は、無効化《レジスト》される。

「――エンベスティダ」

柄の先端に魔力を集約したモップを、クラゲの本体と思われる外皮へ投げつけた。

モップは空気を斬り裂いて高速で飛び、クラゲの本体を貫く。

そしてそのまま後方の壁のタイルに突き刺さって、モップの柄の部分は粉々になってしまった。

さらにモップの柄が当たったタイルまでも砕けている。

「やばっ。力加減を間違えた」

とリックはこぼし、背中に冷や汗が流れた。

彼の計算ではモンスターの本体を貫いて止まるはずだったのだ。

モンスターは本体を貫かれたことで絶命し、女性たちを拘束していた触手から力が抜けていき、床のタイルにくずおれる。

女性たちは解放されたあと、床のタイルに座り込む。

触手の影響とやらで、まだ手足に力が入らないようだ。

「ふー、助かりました。ありがとうございます」

長髪の女性騎士は安どの息を吐き、笑顔でリックに礼を言う。

下着姿になっているのに気にしていないらしい。

「いえ、ご無事で何よりです」

リックは必死に目を彼女の顔に固定しようとがんばる。

「リックさん、また助けられてしまいましたね」

と彼に声をかけてきたのはミランダだった。

彼女は手で胸を隠しているし、羞恥のせいか頬が赤い。

「どうも」

気の利いた言葉が思いつかず、リックは愛想のない返しをしてしまう。

美しい令嬢の裸を見て、平常心を保てるのは非常に難しい。

「リックだったか？　た、助かった。ありがとう」

殺せと叫んでいた騎士が、少し遅れてリックの前に来た。

彼女のほうは落ち着かない様子で、耳まで真っ赤になり、視線があちこちにさまよっている。

（……【色欲】の影響があるんだろうなあ）

とリックは推測した。

あまり強い影響が出ないうちに、距離をとりたい。

「さすがリックさん、カッコよかったです」

と笑顔で話しかけてきたのはエルで、

「ありがとう」

とシンプルな礼を言ったのがリンだ。

「みんな無事でよかったです」

リックはそう締めくくって、女性たちに背を向ける。

「どこへ行く？」

と短髪の騎士が彼を呼び止める。

「戦いが終わったなら、女湯から出たほうがいいかなと」

【色欲】の効果をなるべく広めたくないリックは、振り向かず、もっともらしい理由をひねり出す。

「常識的判断！　さっきまでのスケベ視線はどこへ？」

短髪の騎士の言葉にリックは「がふっ」とうめく。

心の中では血を吐いたくらいだ。

「まあまあ。わたしたちも湯冷めしちゃって、もう一回入りなおしたいですし」

とミランダが騎士を止めに入る。

「助けてもらったけど、リックさんの前で入浴はちょっと恥ずかしいかも」

とエルが恥じらいながら、ミランダに同意した。

「君たちはたくましいな。まだモンスターの死骸が残っているというのに。さすがは大商人や冒険者だと感心するべきか」

短髪の騎士は感心と言いながらも、表情は呆れているように見える。

「よかったと言うと誤解を招きそうですが、この場に居合わせたのが彼女たちだったのは、運がよかったかもしれないわね」

長髪の騎士が同僚に話しかける。

「まったくだな」

短髪の騎士がうなずく。

そこへ女湯のドアが開いて、シスター・ヘレナが顔を出す。

「あのう、呼ばれてきたのですが、戦いは終わったのですか？」

なごやかな会話に、疑問を抱いたようだ。

「さっき倒しました」

顔なじみなので、リックが代表して答える。

「あら、リックさん。なるほど、リックさんが倒したのですね」

シスターはすぐに答えにたどり着く。

「すぐにわかるものなのか？」

短髪の騎士が首をひねる。

「それだけ信頼が厚いのかしらね」

長髪の騎士はリックとシスターの関係を推測する。

「シスター、みんな触手にやられたのか、体に力が入らないらしいです」

とリックが現状をシスターに伝えた。

「承知いたしました。状態を快復させる呪文の出番ですね。会話ができるなら、深刻な状態ではなさそうですが」

シスターはうなずく。

「じゃあ俺は外に出ますね」

「ええ。のちほど」

シスターの切り返しに、リックは「事情聴取か」と思い当たる。

（長い夜にならなきゃいいな）

と思いながら、おじさんと娘にひとまず報告に行く。

「おう、どうだった？　て無傷かよ？　逃げ帰って来たのか？」

おじさんはリックを見て、ぎょっとした表情で問う。

騎士たちがあっさりやられた相手だけに、リックが敵《かな》わず逃げてくるほうが、想像しやすいらしい。

「モンスターは倒しましたが、モップとタイルの一部が犠牲になりました。すみません」

リックは報告がてら謝る。

「うん？　どういうことだ？」

おじさんはきょとんとした。

リックが改めて状況を話すと、おじさんはうなずく。

「死人が出なかったら何よりだ。他の被害は気にすることはない。フリーダ、一応様子を見てきてくれ」

「わかったわ」

父のお願いに従い、フリーダは女湯へ足を運ぶ。

「とりあえず事件が終わったなら、さっきの話通り、酒を飲んでみないか？」

とおじさんはリックにすすめる。

「いえ、たぶん、このあと騎士団の事情聴取があると思うので、酒が入っているのはまずいですね」

リックは残念に思いながら断った。

「ああ、絶対あるよな……すぐに終わってくれりゃあいいんだけどよ。長引いたりするからなあ」

おじさんはまるで経験したことがあるみたいな口調で嘆く。

「長引くのにには理由があるものですよ」

そこへ第三者の、女性の声が割って入る。

おじさんと年が近そうな銀髪の女性騎士、それに従う男女の騎士が四人ほど、中に入ってきた。

「こちらの女湯に、モンスターが出たそうですね？　二人先行させましたが、念のため様子を見に来ました。あなたがたの様子と会話から察するに、無事に討伐されたようですが」

と銀髪の女性騎士が涼やかな声で言う。

「クラーラ隊長……」

おじさんが驚いた表情で彼女を見る。

「初めましてですね？　わたしはクラーラ。この街に駐屯する騎士団の中隊長です」

クラーラはリックに向かって名乗った。

「初めまして、最近この街に拠点を移した冒険者のリックです」

リックも名乗りを返す。

「あなたがモンスターを倒したのですか？」

クラーラは探るような視線を向けてくる。

「ええ。モップに魔力を通わせて……」

騎士たちの前で実行したので、隠すことでもないとリックは話す。

「おや？　あなたはたしか『ピカロ盗賊団』を突き出した冒険者では？」

と一人の騎士がリックの顔を見て言う。

「ああ、盗賊団引き渡しのときにお会いしましたね」

リックはその騎士の顔を思い出す。

言葉は交わさなかったが、詰め所にいた男だ。

「へえ？　なるほど、『ピカロ盗賊団』を倒した冒険者なら、今回の事件を解決することはできたのでしょうね」

と言ってクラーラは一気に納得する。

彼女だけじゃなくて、他の騎士たちも同様だった。

(モンスターを見る前からこの反応とは)

とリックは意外に思う。

『ピカロ盗賊団』はそれだけ名の通った賊だったらしい。

「モンスターの死骸はどうしましたか？」

とクラーラが問いかけてきたので、

「まだ女湯に放置しています。倒したあと、捕まっていた女性の手当てを、シスター・ヘレナがしているところです」

リックは現状を説明する。

「なるほど。でしたら女性のみ、現場に向かうことにしましょう。男性はここに待機して、お客を新しく入れないでください」

とクラーラは判断し、部下たちに指示を出す。

「仕方ねえよなあ」

おじさんは悔しさをこぼした。

「今日のところの営業は諦めてくださいね」

何かを感じたのか、クラーラがじっと彼を見て釘を刺す。

「わかっていますよ」

おじさんはため息をついて肩をすくめる。

クラーラが部下とともに奥へ進むと、入れ違いでフリーダが戻ってきた。

「お父さん、ちょっといい？」

彼女は小声で父親に報告する。

リックとしては立場に困るところだ。

(聞き耳をたてる気はないけど、知っている情報だろうしな)

だからあえて距離を置くのも、何だか違う気がする。

「そうか、ありがとう」

娘の話を聞き終えたおじさんの表情は複雑だった。

「何と言うか……災難でしたが、力を落とさずに」

リックは気の毒になって、励ましの言葉をかけようとしたが、気の利いた言葉を思いつけず、当たり障りのない内容になってしまう。

「おう、リックだっけ？　お前さんのおかげで、被害は少なくて済んだみたいだな。ありがとうよ」

とおじさんは笑って言うが、強がっているのがはっきりとわかる。

「お役に立ててよかったです」

リックは礼を受け取った。

（もう自分にできることはないよな）

と思う。

せいぜい、やけ酒に付き合うくらいだろうか。

クラーラはほどなく戻ってきて、後ろにはミランダたち被害者とシスターの顔もそろっている。

「見たことがないモンスターですね。リック殿、あなたも知らないとか？」

とクラーラは問う。

「ええ。水に棲むタイプのモンスターは何種類か知っていますが、お湯に現れるやつは初めてです」

リックは正直に答えた。

「国に報告し、問い合わせることになります」

クラーラの発言を聞いてリックは「そうだろうな」と思ったのだが、

「なので、あなたへの報酬の支払いは後日になってしまうことを、ご理解ください」

と言葉が続いたことで、急に当事者になった気がする。

「当然ですね」

リックは大きくうなずく。

モンスターの討伐報酬は、脅威度を基準にして設定される。

知らないモンスターを倒すと、査定に頭を抱えてしまう。

「この街に出るなら、未知の新種という可能性は低そうですが……」

とリックは言ったが、楽観的な考えだという自覚はある。

街に現れるようなモンスターは、どこかで人と遭遇している場合がほとんどだ。

「同感ですが、可能性はゼロではないですよ。突然変異した固有種、という線がありますし」

クラーラの指摘にリックは反論できない。

(厄介なパターンを持ち出されたな。当然だけど)

モンスターの突然変異は、冒険者泣かせだ。

変異前と似ているようで、まったく違う行動に出たり、未知の能力を使ってくるという「初見殺し」である場合が多い。

「とりあえずリック殿の泊まっている宿を教えていただけますか？」

とクラーラに言われたので、リックは場所を伝える。

「わかりました。情報が揃い次第、使いの者を宿に送りますね」

クラーラが言うと、おじさんが横から口を出す。

「隊長さん、宿がわかっているなら、このリックは冒険に出てもいいんだろ？　何日かかるかわからないもんな」

ずっと宿で待機では気の毒だと、助け舟を出してくれたのだとリックは理解する。

「ええ。宿の人に騎士団から使いが来ると、話を通しておいてもらいたいですけど」

クラーラはおじさんの主張を認めた。

「お気遣いありがとうございます」

リックはクラーラとおじさんの二人に礼を言う。

「では我々は一度引き上げます。営業はしてもいい気はしますが……女湯は無理でしょうね」

クラーラの言葉におじさんはしぶしぶうなずいて、

「わかっていますよ。今日はもう閉めます。タイルの損害はどれくらいだった？」

様子を見に行った娘に問う。

「二枚くらいね。あとモップは先だけ残っていて、他は粉々になっていたわ」

フリーダは答える。

「物的被害は大したことねえな。リックのおかげか」

「リックさんはすごかったです。魔法も剣も通じにくいモンスターを瞬殺でしたから」

と答えたのは長髪の女性騎士だ。

「英雄並みの実力があるんじゃないかな？」

短髪の女性騎士もリックを持ち上げる。

「ど、どうでしょうか？」

リックはうろたえた。

冒険者として認められるのはチャンスなのだが、【色欲】を使った結果なので、非常に複雑である。

「謙虚な方ですね。冒険者とは思えません。おっと、これは誉め言葉です」

クラーラは目を細めて言い、失言になりかけたと気づいたのか、急いでつけ加えて、部下たちを連れて引き上げた。

「とりあえずいったんここで決着かな？　じゃあリック、麦酒《エール》でも林檎酒《シードル》でも、好きな奴を好きなだけ飲んでくれ。俺からの礼だ」

おじさんの申し出にリックが目を丸くすると、

「ちょっと、お父さん？　ヤケを起こさないでよね。リックさんのおかげで被害は軽微だったんだから、いくらでも立て直せるでしょ」

フリーダが先に待ったをかける。

「ヤケは起こしてねえよ。ウチからも礼をするのが筋だと思っただけさ」

おじさんの口調は落ち着いていて、娘が面食らったように固まる。

「まあ、そういうことなら、少しいただきますよ」

とリックは答えた。

（過分にならないかぎり、助けた相手からの礼を受け取るといい。そのほうが相手は心に重荷を背負わなくていいって、シグムンドさんも言っていたものな）

という理由からだ。

リックも助けられた側なので、重荷を背負ってしまうという感覚は理解できる。

「まあ、後先考えていないわけじゃないならいいけど」

復活したフリーダはあっさり折れた。

「だろう？　さあ、飲んでくれ！　どっちからだ？」

おじさんは娘の返事を聞いて、麦酒《エール》と林檎酒《シードル》が入った樽を軽く叩く。

「じゃあまずは麦酒《エール》から」

　リックは選ぶ。

「おっ、お前さんも風呂上がりには麦酒《エール》派か？」

　おじさんが嬉しそうに話しかけながら、大きなグラスに麦酒《エール》をなみなみと注ぐ。

「ええ、やっぱり先に麦酒《エール》、続いて林檎酒《シードル》ですね」

　とリックは答えてグラスを受け取る。

　あふれ出す泡を拾いながら、少しずつ飲む。

「男の人って麦酒《エール》が好きよね。林檎酒のほうが絶対美味しいのに」

　とフリーダが不思議そうに言う。

「同感です」

　賛成したのは今まで黙ってひかえていたミランダだった。

「お酒の消費量では男性のほうが多いという情報があるので、男性に需要のある新規商品を開発したいところです」

　と彼女は商人らしい意欲を見せる。

「相変わらずだなあ」

　おじさんは知り合いらしく苦笑した。

「体調は大丈夫ですか？」

とリックが気遣うと、

「ええ。そこまできつい毒じゃなかったらしく、シスターの呪文一つですぐに快復しました」

ミランダは笑顔で応じる。

「シスターは腕がいいですものね」

リックは相槌を打つ。

シスター・ヘレナは清楚な美貌と穏やかな性格からは想像できないほど、腕が立つし戦闘中の立ち回りも見事だ。

「恐れ入ります」

シスターは己の力を誇らず、優しい笑みを浮かべて流す。

「お嬢さんたちも災難だったな。一杯奢るから、やっていくか？」

とおじさんが誘う。

「わたしは飲めないので、これで失礼します」

シスターは断り、ドアのところでふり向いて、リックたちに微笑んで去っていく。

「相変わらずお堅いシスターだなあ」

とおじさんが言うと、

「あんな真面目な人に、お酒をすすめるな、不埒《ふらち》もの！」

娘のフリーダが脇腹に肘を入れた。

「ぐふっ……」

クリーンヒットしたらしく、おじさんは苦しそうに悶える。

「あなたたちこそ相変わらずね」

と笑ったのはキャロルと呼ばれている女性だ。

「キャロルはどうだ？」

脇腹を押さえたまま、おじさんは懲りずに問う。

「あたしはいけるけど、つまみが欲しいからねー」

キャロルは右手人差し指を唇にあてて考える。

「そんなもの、あとで飲みなおせばいいだろ？」

おじさんは本気で言っていた。

(この発想は酒飲みだな)

とリックは思う。

少なくとも酒が弱い人には「場所を変えて飲みなおす」という発想は出てこない。

「その前に、正直お風呂に入りなおしたい」

「わかる！　あのモンスターのせいで、入った気がしない！」

キャロルの言葉にミランダが即座に同意する。

「あたしも。全然入れなかったし」

「わたしもです」

女性陣の気持ちはもっともだ、とリックは感じた。

おじさんも同じだったのか、頭をぽりぽりかいて、

「仕方ねえか。じゃあ、今度入りに来たら、一回分入湯料はタダにしよう」

と言った。

「そうこなくっちゃ」

ミランダが笑みをこぼす。

「わーい、おじさん、さすが！」

リンとエルは無邪気に喜び、

「現金な奴らめ」

おじさんは苦笑した。

「あっ、そうだ、リックさん、今度依頼を出してもいいですか？」

とミランダが思い出したと手を叩き、リックに問う。

「かまわないですが、ギルドを通してくださいね」

彼の返事に、

「闇依頼じゃないから当然ですよ」

ミランダは笑う。

リックなりのジョークだと判断したのだ。

「何が必要なんですか？」

リックが逆に問いかける。

「まだ秘密と言いたいところですが、女性向け商品開発のために、ドリアードの葉と枝が欲しいのです」

ミランダの説明を聞いて、

（そう言えば女湯でそういう話が出ていたな）

と彼は思い出す。

ドリアードの葉と枝ぐらいなら、D級相当のリックでも入手は可能だ。

「わかりました。詳細はギルドを通してください」

「ええ」

ミランダもリックに一言断りを入れたかっただけだろう。

うなずいて立ち去り、リン、エル、キャロルも彼女に続く。

（メガロ商会からの依頼なら引き受けたい冒険者たちはいるはずだよな）

とリックは考える。

商人としての打算はあるのだろうが、自分のメリットは大きそうだ。

「へー、メガロ商会のお嬢さんに依頼を出されるなんて、大したものじゃないか」

と黙って見ていたおじさんが言う。

「というか初めてじゃない？」

フリーダが驚きを隠せていない表情でリックを見る。

「そうなのですか」

リックは返事に困って、麦酒《エール》をぐいっと飲み干した。

第五話　指名依頼

　次の日の昼前にリックがギルドに顔を出すと、見覚えのある美人受付嬢が声をかけてくる。

「リックさん、メガロ商会のミランダさんから、指名依頼が来てますよ」

「えっ……？」

　昨日の今日で冒険者ギルドに話を通したのか、とリックはびっくりした。

（ギルドの審査はどうしたんだろう？）

　彼が不思議に思うと、

「リックさんはこの街にやってきてから、地味な仕事をいやがらずコツコツやっていましたからね。見ている人はいるということでしょう」

　と受付嬢が話す。

　どうやらリックが驚いた理由を勘違いしたらしい。

「ありがたい話ですね」

彼はあえて訂正せず、話を合わせる。

「ギルドでも期待しています。引き続きがんばってください」

受付嬢は笑顔ではげましてくれた。

「ありがとうございます」

リックは礼を言ったものの、素直に喜べない。

結局公衆浴場の事件でも、【色欲】に頼らざるを得なかったからだ。

（もっと精進しないと）

と思いながら、彼は問う。

「場所、条件、報酬について確認していいですか？」

「それなら私が直接話しましょう」

背後からミランダの声がした。

「人の気配は感じましたが、あなたですか」

リックは多少驚いてふり向く。

「驚くところを見たかったのに。気配がわかるなんてさすがと言うべきかしら」

二人の護衛を左右に連れたミランダのほうが、彼よりも驚いたようだ。

「冒険者相手だと、お茶目というよりは無茶ですね」

とリックは指摘する。

「リンさんとエルさんは気持ちいい悲鳴をあげていましたよ？」

「何やってんの!?」

ミランダがニコニコしながらとんでもないことを言ったので、リックは思わず礼儀を忘れて突っ込む。

リックは素人に気配云々を説明できる気がしなかったのだが、話が変な方向へとんでいきそうだ。

「そんな話をしにきたわけじゃないですよね？」

彼は咳払いをして、話を本来のものへ移そうとする。

「いいですけど、場所を変えませんか？　ここで立ち話はちょっと」

ミランダが左右をちらちら見ながら提案した。

「ええ、俺はかまわないですよ。どこがいいですか？」

リックが問うと、

「ウチの店にしましょう。そこが一番安心できます」

ミランダは少し早口で答える。

「承知しました」

リックに異論はなかった。

「このあとすぐでもかまわないですか?」

ミランダが問う。

「ええ、大丈夫です」

急ぐのだな、とリックは少し不思議に思いながら、彼女のあとに続いてメガロ商会が店を構えているエリアに移動する。

ミランダは商会に入らず、近くのオシャレなカフェの前に立って、

「ここもウチが経営しているのです。ここにしましょう」

とリックを誘う。

「飲食店もなんてさすがですね」

彼は素直に感心する。

商売に関しては疎いのだが、物を仕入れて売るのと、飲食店を経営するのは異なる難しさらしいことは、何となく知っていた。

「オシャレなカフェを経営したかったので、家の力を借りました」

ミランダの返事は公私混同か、それとも謙遜と冗談なのかは、リックにはわからなかった。

村を出て冒険者をやってきた結果、バカな跡継ぎが繁盛していた店を潰す、という例を見たことがあるので、

「守り続けるって行為は大変ですよ？」

リックは言いたくなった気持ちを声に出す。

店を守る経験はないが、人を守る経験があるせいだろう。

「冒険者の方たちはすごいですよね」

ミランダは柔らかい表情で受け流す。

（腹の底が見えない商人スマイルだ）

とリックは直感する。

彼女なりのプライド、もしくはこだわりを刺激したのかもしれない。

ミランダがドアを開けると、カランカラン、と軽やかな音が鳴った。

エルと同じ年くらいの可愛らしい制服を着た少女が、対応に出てくる。

「あら、ミランダオーナー。男性とデートですか？」

少女店員は目を輝かせながら、好奇心をむき出しにした問いを放つ。

「だったらどうする？」

ミランダはお茶目な表情で問う。

「ええー!?　仕事が恋人って言わんばかりに無の日々を送っていたあのお嬢様に、ついに春がきたのですか!?」

少女店員はリックから見て大げさなほど驚く。

「さすがに言いすぎでしょ?」

ミランダはムッとして氷の視線を浴びせる。

少女店員は、首をすくめる。

「ご、ごめんなさいい」

(仲良しなんだなあ)

リックは姉妹みたいなやりとりを、黙って見ていた。

女性同士のにぎやかトークに割って入れる会話スキルなんて、持ち合わせていないのだ。

「三階はあいている?」

「ええ。ご案内しますね」

ミランダの問いに少女店員はうなずいて、先頭に立つ。

ミランダは優雅に、リックはほんの少しトボトボと階段を上っていく。

三階は小さな個室になっていて、座るのは四人が上限だろう。

「リックさん、飲み物はどうしますか?」

とミランダが問う。

「何があるんですか？」

リックは失礼だと思いながら問い返す。

「薔薇水、紅茶とありますが、殿方向けに蜂蜜酒《ミード》、麦酒《エール》、葡萄酒《ワイン》、林檎酒《シードル》と用意してあります」

ミランダはよどみなく答える。

「おっぱいジュースはどうですか？」

少女店員がいきなり問う。

「ふぁ!?」

あまりにも突然すぎてリックはマヌケな声が出る。

「ネリー！」

ミランダが真っ赤になりながら叱咤する。

「ただのジョークです」

ネリーと呼ばれた店員はにこやかに答えるが、リックは笑えない。

「麦酒《エール》でお願いします」

リックは気を取り直して選ぶ。

「オーナーは薔薇水ですよね？」

「ええ」

少女店員の確認にミランダは即答する。

「じゃあお持ちしますね」

少女店員は言って、リックの近くを通り過ぎるとき、

「オーナー、おっぱい綺麗ですよ」

小声、かつ早口で言い残して、バタバタと音を立てて階段を降りていく。

（えっ？）

リックは意外すぎる言葉に耳を疑う。

「あの子はなんて言ったのですか？」

と聞こえなかったミランダが彼に問う。

「いえ、俺も聞き取れませんでした。何でしょう？」

リックがとぼけると、

「あの子のことだから、余計なことを言ってそうですね。たとえばわたしのスリーサイズとか」

ミランダはため息をつく。

鋭いと冷や汗をかきながら、リックは彼女に怪しまれずホッとする。

「席におかけください」

ミランダに言われて、リックは四人掛け椅子の入り口側に座り、その正面にミランダが腰を下ろす。

「落ち着いて品のある内装ですね」

とリックは室内を見て感想をつぶやく。

一階をちらっと見たかぎりでは、若い女性たちに人気がありそうな、オシャレで華やかな内装だった。

（まるで商人同士の密談用だな）

と思ったものの、さすがに言葉にはできない。

「ええ。個人的にはこういうほうが好きなんです。変わった女だと言われますが」

ミランダが自嘲する。

「華やかな場所は落ち着かないので、ここのほうがいいですよ」

とリックは彼女をはげました、つもりだった。

「殿方はそうでしょうね」

応じるミランダの表情から愛想が二割ほど減る。

(あれ?)

リックは何かをミスったと気づいたものの、「何か」まではわからなかった。

「さて、本題に入りましょう」

と言ってミランダは表情を引き締める。

「指名依頼の話ですね?」

リックの確認に彼女はうなずく。

「競争相手があることなので、大事をとって外に漏れにくいよう、慎重にやっています」

「商人は大変そうですね」

ミランダの説明を聞いて、「そういうことか」とリックは納得する。

(でも、秘密があるという行動をとってもいいのか?)

ライバルたちに何かやっていると勘ぐられるのでは、とすぐに不安が浮かぶ。

「秘密主義なのはいつものことなのと、お互い様ですよ」

ミランダはまるでリックの心を読んだかのような発言をする。

リックが目を丸くすると、彼女はくすくす笑って、

「表情が読みやすいですね」

と指摘した。

「表情を制御するのはあまりやらないですね。せいぜい、ピンチのときでも、冷静にチャンスをうかがっているフリをするくらいでしょうか」

彼は肩をすくめて、自分の未熟さを認める。

少なくとも日常では感情の制御を意識したことなんてない。

（もしかして、やったほうがいいのか？　【色欲】の制御のためにも？）

突然ひらめく。

【色欲】をなるべく使いたくないと思い、それ以上考えないようにしていた。

だが、冷静に考えてみると、【色欲】は彼の性的興奮が関係しているのだろうから、興奮をすばやく鎮めることができれば、その分、影響が消えるのも速くなるのではないだろうか？

（……少なくとも可能性はゼロじゃない、か？）

頭ごなしに否定しないほうがいい、という予感が彼の脳内を走る。

「どうかしましたか？」

今度は読めなかったらしく、ミランダは不思議そうに首をかしげた。

「いえ、自分の修行が足りないことに、今さら気づいたのです」

リックは本当のことを伏せて弁明する。

（何度も【色欲】の被害を受けた女性には言えないよ……）

思い出したくもないんじゃないだろうか、と気遣ってしまう。

「ああ、人との会話をきっかけに思い当たることってありますよね」

ミランダは特に疑問を抱かなかったらしく、あっさり納得する。

「なのでわたしも雑談を大事にしています。今回の依頼だって、昨日お風呂場で女性冒険者と話したのがきっかけで生まれたものですし」

「へえ、そうだったのですね」

リックはとぼけた。

女湯の話を聞いていたと明かすのは、何となく気恥ずかしい。

「ごめんなさい、いい加減本題を知りたいですよね」

ミランダがペロッと舌を出して謝る。

「いえ、大丈夫ですよ。今日の予定はないですし」

リックは気にしないで欲しいと伝えた。

冒険の予定がない冒険者なんて、客がいない客商売同様、ヒマなのである。

それに会話がすぐに飛ぶ女性は、べつに彼女が初めてじゃない。

理性が飛んだ女性はこわいのだが。

「冒険者の方だと命を危険に晒されているので、骨休めは必要なのでしょうね。わたしたちと違った大変さもありそう。わたしたちも命を懸けているつもりですけど」

ミランダはいろいろと想像をめぐらせているようだった。

「俺たちは休める日常がありますけど、商人はそうもいかないでしょうから、大変さは全然違うでしょう」

とリックは答える。

彼にしてみれば、気を抜くヒマがない商人のほうが厳しい。

「冒険者と商人の違いについて、話が白熱してしまいそうですね」

と言ったミランダの表情には「ワクワク」と見えない文字で書いてあるのが、リックにも読み取れた。

「お嬢様、お待たせしましたあ!!」

そこへ元気よく先ほどの女性店員ネリーが声を張り上げ、ドアを勢いのいい蹴りで開けたのだ。

トレーに飲み物を載せていると言っても、片手はあいているので、普通に暴挙である。

「ちょっと、ネリー、はしたないし、お客様の前よ？」

ミランダが当然の注意をおこなう。

「ご、ごめんなさい。遅くなったと思ってあわてちゃって！」

ネリーと呼ばれた少女は、トレーを持ったまま器用にぺこぺこと頭を下げる。

「まあまあ、ここには俺しかいないですし」

リックは間に入った。

「ごめんなさい」

ミランダが彼に謝る。

「ありがとうございます！　とりあえず飲み物をどうぞ」

ネリーはあわてて、飲み物を二つ並べた。

美味そうな麦酒《エール》はミランダ、薔薇水がリックの前に。

「あら？」

ミランダがわざとらしく声をあげた。

「あっ!?」

ネリーは叫んで、あわてて並べ替えようとして手を滑らせて、まだトレーに載っていた水が入ったグラス一つをミランダに向けて倒してしまう。

ミランダが着ていたブラウスが透けて、下着が浮かび上がる。

（今日はピンクか）

リックは思わず見てしまい、必死で視線をずらす。

「ちょっと、落ち着いて」

ミランダが声をかけるが、ネリーには届かない。

「あわわわ！　し、失礼しました！　タオルと着替えを持ってきます」

何度も頭を下げながら、ネリーは部屋から出て行った。

「まったくあの子は落ち着きがない……」

手のかかる妹を評価するような顔で、ミランダは嘆く。

「明るくて元気な人なのですね」

とリックは褒めておく。

「長所で短所をごまかそうという悪癖を、なるべく早く矯正したいところです」

ミランダの表情は教官のものだった。

他に褒める部分に困ったリックの内心も見抜かれているだろう。

「少し席を外しますね。濡れたままは失礼なので」

と言ってミランダは部屋を出て行く。

「あわわわ！」

ドアの向こうから、さらにネリーの声が聞こえてきた。

「お待たせしました」

戻ってきたミランダはさっきの服よりは透けにくそうな、深緑のトップスを着ている。

「おそらくリックさんには聞こえてましたね？」

「あの明るさは接客向きと思いますが」

ごまかしても無駄だと思い、リックは「だから採用したんですよね？」と言外に伝える表現を用いる。

「ええ、そうですね。それにあの子は商品に対するセンスは悪くないんです。女性冒険者向けの商品についても、あの子のアイデアがきっかけでしたから」

「なるほど」

そのつながりは予想していなかった、とリックは目を丸くする。

「女性冒険者用の新商品って、俺には想像もつかないです」

と彼は言った。

「ポーチですよ」

ミランダの答えに、リックはまたも驚かされる。

「ポーチなら、持っている人は多いですけど……」

シスター・ヘレナもニーラも持っているはずだ。

「それは日常用でしょう？　冒険に出るときは余裕がないので、収納用アイテムが使われているでしょう？」

「あっ……」

ミランダの言葉にリックはマヌケな声を漏らす。

収納用アイテムを使うということには、余分な手荷物を減らせるというメリットがある。

一手の差で生死が分かれることが珍しくない冒険者にとって、「余分なものを減らす」のは常識だった。

「女性の感性からすれば、できれば分けたいものがあると思うんです」

「それはまあ、そうでしょうね」

このミランダの発言に、リックは同意しかない。

（女性特有の商品を預かるとき、取り出すときはかなり気まずかったもんな）

と過去をふり返る。

冒険者業界において、男女混合パーティーが主流じゃない理由のひとつだろう。

（俺だって本音は男たちと組みたいし）

その結果として、「ヤリサー」からの追放になってしまったので、あまりこだわらないほうがいいと学んだのだが。

「ニーラさん、エルさん、リンさんに聞いてみたら、できれば分けて持ち運びしたいものがあるとのことでした」

昨晩の女湯のやりとりがそうなのは、リックも合点がいく。

「現役の生の声は大きいですね」

当事者の声に勝るものはない、と彼も思う。

「せっかくなのでたしかめたいのですが、リックさんはどうお考えですか？」

ミランダは真剣な顔でたずねる。

「いいことだと思います。男だって気まずい例がありますからね」

リックは即答して、男女パーティーの気まずさを話す。

「おっぱいが大きいと、下着を確保するのも大変ですからね」

とミランダが実感を込めて言ったものだから、リックは水を吹き出す。

「あら、男女パーティーに慣れていらっしゃるのでは？」

ミランダはきょとんとする。

どうやらイヤミじゃなかったらしい。

「慣れたら気にしないほうがいいと思えてくるんですけど、新人は大変でしょうね」

とリックは表情を取り繕いながら、自分の見解をつけ加える。

「マヒしているって気がしていましたが……」

ミランダは慎重に言う。

「その感覚が正しいと思いますよ」

リックは彼女が懐疑的な反応になる理由から目を背けつつ同意して、

「それで？　どんなポーチなんですか？」

と問いかける。

「コンセプトは【キャッスルボックス】並みの収容力と丈夫さを備えた、可愛らしいポーチです。既存の収納用アイテム並みの品質がないと、結局は売れないと思うので」

ミランダの説明にリックはうなずく。

「命懸けですからね。オシャレ好きな冒険者はいても、装備よりオシャレを優先している人に心当たりはありません」

自分が知らないだけかもしれないが、と念のためリックはつけ足す。

（世の中には想像を絶するタイプは存在するからな。俺の【色欲】だって、おそらくはそっち側……）

考えていてちょっと落ち込んでしまう。

「冒険者の方も苦労していらっしゃるんですね」

ミランダは彼の内心を読み間違えたのか、同情的な視線を向ける。

訂正するのは心理的に難しいのでリックは、

「商人の方も」

と励まし合うような状況に持っていこうと試みた。

「堂々巡りになっている気がします」

ミランダはくすっと笑う。

「ミランダさんが気遣い上手だからですね」

リックは本気で言った。

最初はもう少しプライドの高いお嬢様なのかと思ったが、どうやら出会い方が悪かったらしいと今では考えている。

「商人の基本スキルなので」

ミランダの笑顔が営業スマイルになった、とリックは感じた。

「ポーチと言っても、お考え通りだと素材が重要になってきますよね？」

踏み込まずに話を戻す。

「ええ、だからこその依頼なのですが……ドリアードの素材ってどう思われますか？　ニーラさんやエルさんの反応はよかったのですが」

ミランダは声を少し低めて問う。

「ドリアードですか」

リックはもちろん知っているが、即答は避けた。

植物型モンスターの一種だが、個体差が大きい種で、強力なものは精霊と同一視されることもある。

「強力な素材になることは期待できますが、そんな個体は最低でもＢ級冒険者のパーティーじゃないと厳しいですよ」

リックは彼女が知らないことを想定して、忠告した。

「ニーラさんたちにも同じことを言われました」

ミランダは苦笑する。

それでも挑戦するというと、リックも警戒せざるを得ない。

知り合いの依頼だからと言って安請け合いをしたら、冒険者はあっさりと死んでしまう。

相手が支払い能力のある大商会だって同じだ。

「ただ、ドリアードは個体で強さが違うのですよね？　まずリックさんたちが安全に勝てる個体を狩っていただく、というのはいかがでしょう？」

ミランダの提案は悪くない。

冒険者に無理をさせるのは悪手だが、無理しなくていいなら、彼の考え方も変わる。

「それだとミランダさんの理想の素材じゃない可能性のほうが高いですが、かまわないのですか？」

ただ、疑問はあるのでたしかめておく。

「ええ、いきなり実用化するのではなく、まず試作してみようと思っているのです。ドリアードの素材で本当に作れるのか？　を確認しないとです」

ミランダの考えは現実的なものだ。

（たしかに危険なモンスターを倒して、高額な謝礼を払ったのに、目的のものは作れませんでした、はあまりにも痛すぎるからな）

とリックは納得したので、受ける方向で決める。

「あとの問題は日程とメンバーですね。誰に依頼を出しているのですか？」

「ニーラさん、エルさん、リンさん、シスター・ヘレナの四人です」

彼の問いにミランダは即答した。

「全員が知り合いですね」

と答えるリックに、不思議と驚きはない。

どことなくそんな予感があったと言うべきか。

「リックさんの例のアレを考えると、すでに知っている人たちのほうが好ましいかなと思いました」

ミランダは悪びれず説明する。

（ああ、とうとう女性に忖度《そんたく》された……）

何被害者側に気を遣わせているんだ、という罪悪感にリックは打ちのめされた。

もっとも、今回のケースは断るのが難しい。

「ど、同感です」

リックはどうにか笑みを浮かべたが、引きつっている気がしてならなかった。

もしここに鏡があったとしても、今の自分の表情を確認したくない。

「今回は起こらないといいなと祈っていますが」

ミランダの言葉に悪意は感じられなかったが、だからこそリックの心の柔らかい部分を容赦なく抉る。

リックは麦酒《エール》を持った右手を震わせながら、

「やだな。毎回使っているわけじゃないデスヨ？」

と弁明する。

動揺したせいか、感情が言葉に乗らなかった。

「失礼。わたしと一緒の場合は毎回使っていらっしゃるので」

ミランダがジト目になる。

（いや、気のせいかも）

リックは現実から目をそらす。

「はは、たまたまですよ」

自分でも説得力はないと感じながら、彼は言う。

今度は手は震えなかった。

（ウソはついてないからな）

主張しておかないと、毎回女性にえっちな要求をしている、変態系冒険者だと思われてしまいそうだ。

「疑っているわけじゃないです。商人ジョークですよ」

ミランダは一転して、上品な笑顔になる。

本気だったわけじゃないらしいので、リックはちょっと安心した。

同時に、

（やっぱり商人はこえええええ！）

と内心戦慄する。

腹芸では圧倒的に彼女のほうが上で、かなう気がしない。

「このあたりのドリアードの生息地域って、どのあたりになるんですか？」

気を取り直して、依頼の話に戻る。

「この街から南に徒歩で三日ほどの距離にある『ヴェルギナの林』です。国母《グランドマザー》スライムが出た森とは違うエリアで、こちらのほうが出現モンスターは弱いはずです」

とミランダは話す。

「なるほど。片道で三日なら、水と食料が必須ですね」

リックは計画を練りはじめる。

「水と食料はこちらで支給します。収納する【キャッスルボックス】も」

ミランダの申し出に彼は目を見開く。

「いいのですか？」

普通、指名依頼でもこんなにサポートは手厚くない。

彼が驚いた理由を察したのかミランダは、

「ええ。口止め料込みですからね」

と言っていたずら少女のような笑みを浮かべる。

「そうですか。では遠慮なく」

リックもつられて笑う。

受け取るほうが彼女も安心だろうと配慮したのだ。

「報酬の相談なのですが、協力料と成果報酬に分けて考えています」

ミランダの提案にリックは、

「ドリアードは個体差があるので、事前に報酬を決定しないほうがいいでしょうね」

と言ってうなずく。

(考えたくないが、強い個体と遭遇する可能性もある)

その場合、弱い個体の報酬しかもらえないと、納得できない。

「リックさんのことですから、それなりに強いモンスターと戦いそうですしね」

とミランダは言うが、目が笑っている。

「ははは。まさか。そんな毎回戦っていたら、命がいくつあっても足りませんよ」

冗談だと解釈したリックは遠慮なく笑う。

彼が言ったのは偽りのない本心だ。

毎度都合よく、【色欲】発動に必要な女性が近くにいるとはかぎらないのだから。

「出発する日の指定はあるのですか?」

とリックは問う。

「みなさんの予定を確認しているところです。リックさんはいつがいいですか？」

逆にミランダにたずねられる。

「事情がわかっていれば、街から離れずにすむ依頼だけこなしていくので、別にいつでもかまいませんよ」

リックが答えると彼女は、

「それは助かります。シスターとニーラさんはそんな簡単に遠出できない人たちですから」

と微笑む。

「そりゃそうでしょうね」

リックは納得しかない。

シスターにとってダンジョン探索やモンスター退治は副業か、さらにそのおまけという位置づけだろう。

ニーラだって本業は鍛冶師であり、装備の修復や強化の依頼だってこなさなければならない。

「冒険者って、指名依頼がいくつも来るような有名人でもないかぎり、融通が利きますからね」

リックが謙遜すると、

「さすがにちょっと自虐が過ぎるような……？」

ミランダは怪訝な顔になる。

「そうですか？」

リックは予想外だと首をひねった。

「ええ。有名な盗賊団を壊滅させたり、スライム大量発生事件を解決した人が、そこまで謙遜するとかえってイヤミになりますよ」

ミランダは何を言っているのか、という表情で指摘する。

「ああ……そこは俺自身と、周囲との間に認識のギャップがありそうです」

リックは頭を抱えたくなった、というか実際に抱えた。

「例のアレに頼らず結果を出してこそ本物だと思うのですが、この感覚は伝わりますか？」

とリックはミランダに問う。

「何となく伝わってきましたが、『ありのままの自分を認められたい』と嘆いている、もてない奥手の人と同質って気がしました」

彼女は一瞬迷いを見せたものの、率直に告げる。

「ぐはあああああ」

リックの心に、どんなに鋭利な刃物よりもきつく突き刺さった。

彼女はおそらく悪気はまったくない。

だからこそ、殺傷力は高かった。

（まさか、モテない奴と同じ理論だなんて……ここ数年で一番痛い）

リックの心は血の涙を流す。

ショックから目をそらすため、「なぜ女性にモテない云々」と言われると、ダメージを受けるのだろう、なんて考えはじめる。

益体もないことだし、今考えることでもない——理性はそうささやくが、防衛本能のほうが強かった。

「そ、そんなにショックでしたか？　ごめんなさい」

リックのあまりの取り乱しっぷりを見て、ミランダまでもが動揺した。

彼女は自分の言葉が、男性にどんな影響を及ぼすのか、過小評価していたらしい。

「いえ、あなたは何も悪くないです」

とリックは強がって、彼女をかばう。

虚勢だとわかっていても、やらなくてはいけない場合があるのだと、彼は身をもって実感した。

「そ、そうですか？」

ミランダは釈然としていない。

取り繕うのがあまり上手くないリックでは、彼女を安心させることはできなかったようだ。

「宿は教えてもらったところから変えてないので、早めに連絡をもらえれば、対応します」

リックは何とか空気を立て直そうと、必死に考えて、発言すべき内容をひねり出して、声として放出する。

「ああ、あそこ」

教えた本人のミランダはすぐに思い至ったようだ。

「どうですか？　評判は悪くないはずですけど」

「いい宿だと思います」

ミランダの問いにリックは正直に答える。

受付の女性・キャロルがやたらと色っぽくて困ってしまうが、それ以外に不満はない。

「だから宿をかえるつもりは、今のところはないです」

「よかった」

紹介した責任を感じていたのか、ミランダは安どの息を漏らす。

リックは麦酒《エール》を飲み干して、問いかける。

「他に確認しておきたいことはありますか？」

「冒険に行く際、商会のほうで用意して欲しいものがあれば、早めに教えていただければ、がんばって揃えます」

ミランダの言葉に彼は少し考えた。

「それはすごいですけど、周囲に変に思われないのですか？」

「似たようなことを、大手の商会ならやっていると思います。『何かやっている』ことが伝わる程度なら、仕方ないと割り切っています」

ミランダはよどみなく答える。

大商会同士の腹の探り合いなんて、リックにはわからない。

依頼主がいいと言うなら、気にしなくていいだろう。

「承知しました。俺としては水、食料、非常時のポーションがあればいいと思います」

とリックは話す。

シスター・ヘレナが参加するなら、彼としては楽だ。

傷薬、毒消しといったものを減らせる。

「男性はそうなのですね」

「……まあ女性は、男と同じようにはいかないですよね」

ミランダの言葉に深い意味はないかもしれないが、女性冒険者とパーティーを組んだ経験のあるリックには通じた。

「これは商人としての興味なのですが、替えの下着はどうなさるのですか？」

とミランダは少し身を乗り出して問う。

豊かな果実の大きさが強調される状況になり、

（無防備で困るなあ）

リックはチラッと見てしまったあと、あわてて目をそらす。

本人は無自覚らしく、男性と接してきた経験が多くなさそうだ。

「俺の場合は【キャッスルボックス】に予備の服を放り込んでますね。タイミングを見計らって着替えるだけです」

「とても単純な答えでしたね」

ミランダは意表を突かれたように目を丸くする。

「女性は虫よけに日焼け対策、臭い対策と用意するみたいですが、男は鈍感なんでしょう

ね」

　とリックが言うと、

「気になる部分に違いはありそうですね」

　ミランダが当たり障りのない返答をしたが、目には好奇心が宿っている。

　男女の違いを掘り下げた新商品でも構想しているのだろうか。

「私の話は終わりです。ご足労いただきありがとうございました」

　とミランダは礼を言った。

「いえ、指名依頼をいただいて、礼を言うのは俺のほうですね」

　リックは礼を返して立ち上がる。

　麦酒《エール》一杯なら水と変わらないので、動きに変化はない。

「途中までしか見送れませんが……」

　ミランダは申し訳なさそうに言って立つ。

　大商会の支店長ともなれば忙しいはずである。

「いえ、ここで大丈夫ですよ」

　だからリックは断りを入れる。

「そうですか……？」

ミランダはためらいを見せたものの、

「ではお言葉に甘えて、一階まで」

と決断をみせた。

店の構造上、一度一階へ下りる必要がある。

落としどころとして無難なので、リックは受け入れた。

第六話　ヴェルギナの林・前編

メガロ商会からの使いが来たのは三日後、『ヴェルギナの林』へ出発したのは、さらに三日後のことだった。

街の外の集合場所にリックが行くと、すでに予定メンバーは揃っていて、

「わたしのせいで日程がこうなって申し訳ありません」

最初に口を開いたシスター・ヘレナが彼に詫びる。

「いえ、それは仕方がないことです。俺のほうこそ、最後になってしまって申し訳ありません」

リックは謝り返す。

待ち合わせ時間の前に到着したはずなのに、最後になるとつい謝ってしまう。

「シスターは多忙だから仕方ない。あたしだって、ヒマじゃなかったしね」

と言ってニーラがシスターの味方をする。

「シスターは仕方ないでしょ。たぶんあたしら冒険者のほうがヒマだろうし」

リンも同調し、エルもこくこくうなずく。

「どうも恐縮です」

シスターはみんなの理解を得られても安心できなかったらしい。

（この人らしいけど）

とリックは思う。

それなりのつき合いになった影響で、シスターの人柄はある程度把握できた。

ここで恐縮するような人だから、たくさんの人に慕われているのだろう。

「あとはミランダさんですね」

とリックは言った。

店の前ではなく、この集合場所へ【キャッスルボックス】に支給品を入れて持ってきてくれるという。

「何でお店の前じゃないんだろ？」

とリンが首をかしげる。

「やっぱり目立つからじゃない？」

エルが自分の予想を告げて、リックを見た。

「リックさんはどう思いますか？」

「うーん。どこの商会も似たようなことをやっていると言いながら、一応は用心しているって感じなのかな？」

リックは自分が感じていたことを、ゆっくりと言葉にする。

「たぶんそんなところだろうな」

ニーラがリックに賛成したが、それで終わらず、

「ただ、商人たちの考えなんてあたしらにはわかりづらい。気にしないで、依頼に集中するほうがいいと思うぞ」

とつけ加える。

「そうですね。商人だって冒険者の感覚はわかりづらいんでしょうし」

「そんなにわかりづらいでしょうか？」

不意にミランダの声が割って入ってきた。

男女一名ずつ護衛を連れた彼女が、不思議そうな顔をしている。

「ひゃっ!?」

驚いてすっとんきょうな声をあげたのはリンとエルの二人だけだ。

リック、ニーラはもちろん、シスター・ヘレナもミランダたちの接近には気づいていたらしい。

「驚かせてごめんなさい」

ミランダはリンとエルに詫びる。

「い、いえ。驚いたのがあたしたちだけなので、あたしたちが未熟なだけなんです」

リンは悔しそうに言った。

「お待たせしましたが、お届け物です」

ミランダはそれ以上触れず、リックに【キャッスルボックス】を手渡す。

「持つのは俺でいいのですか？」

リックはパーティーを組むメンバーに問う。

「一番安心なのはリックだからね」

最初に賛成したのはニーラで、

「異存はありません」

シスターが続く。

「私たちもです」

エルが答えてリンがうなずいた。

「中のものは先に確認してください。水、食料、ポーション、衣類などが入っています」

とミランダが言うので、リックは手にした【キャッスルボックス】を開く。

「例の携帯食ですね」

最初に目に映ったものを、リックが触れる。

「おかげさまで評判はけっこういいみたいです」

ミランダがうれしそうに言うと、

「たしかに今までのより美味しかったね！」

ニーラが食い気味に賛成する。

「ほんと！　これからも買いたいです！」

リンとエルも笑顔で同意した。

「俺も美味しいと思いましたが」

リックは言ってからちらりとシスターを見る。

「シスターはどう思われますか？」

「商会の皆さまの努力はすばらしいと思いました」

シスターは微笑みながら感想を言う。

（あっ、美味しさを追求しちゃいけないのかな？）

彼女の言い回しから、リックは察した。

気のせいでなければ、ミランダから咎めるような視線を向けられている。

触れられる空気でもなさそうなので、

「みんながお願いしたものは、ちゃんと入っていますか？」

リックは話を進めることにした。

「匂い消しがある。助かる」

とリンが喜ぶ。

「魔力回復用のポーションはうれしいです」

と言ったのはエルだ。

「あたしが頼んだのは【キャンプセット】だな」

ニーラが中から【キャンプセット】を取り出す。

「【キャンプセット】？」

リンが不思議そうに首をかしげたので、

「今回は目的地への道程的に、野宿をやるしかないからね」

ニーラが【キャンプセット】を点検しながら答える。

「あっ、そっか」

「野宿かぁ……」

リンはハッとして、エルは複雑そうな表情になった。

「五人いるから分担できて楽だぞ」

とニーラが励ますように言ったので、

「ソロ野宿に比べたら、圧倒的にマシですね」

リックが明るく言う。

「ソロ野宿……？」

理解できないものを見るような目で、リンとエルが彼を見る。

「ソロは危険だからやらないほうがいいと聞いているのですが、歴戦の冒険者はさすがですね」

とシスターが目を丸くした。

「すごーい」

「やるなあ」

リン、エル、ニーラが感嘆の声をあげる。

（【色欲】のせいでやむを得ずそうなっただけなんだけど……）

言い出せる空気じゃないので、リックはあいまいな笑みで彼女たちの賛辞を聞いた。

「ポーションはありがたいですね。わたしも常に万全とはかぎらないですから」

落ち着いたところで、シスターが最後に中身を確認して、にこやかに語る。

「シスターにもしものことがあったら、パーティーの危機ですからね」

とリックが言う。

「あたしらでしっかり守らないとな！」

ニーラが豪快に笑った。

「足りないものがないならよかったです」

ミランダは微笑んだあと、表情を引き締める。

「ただ、最近になって奇妙な情報を仕入れました」

「奇妙な情報？」

みんなで顔を見合わせたあと、リックが代表してミランダに問う。

「ええ。アルミラージの角を買い求めたり、岩熊《クラッグウルズス》の肝の在庫を確認されたり……需要があるとは聞いたことがない素材を、探す動きがあるようです」

ミランダは声を小さくして話す。

「アルミラージの角なら、闇依頼を請けた新人がいましたね」

とリックは答える。

メガロ商会なら、その気になれば知ることができる情報なので、話しても支障はないと判断した。

「……半信半疑だったのですが、本当なのですね」

ミランダの表情には驚きではなく、納得した感がある。

「そんなもの、何に使うのでしょうね？」

リックが疑問を口にすると、ニーラ、シスター、ミランダの三人が首を横に振った。

「わからない」

「私も知りません」

ニーラとミランダがほとんど同時に言って、最後にシスターが、

「迷信のたぐいなら、あるかもしれませんね」

とつぶやくように言う。

自分でも信じていないことが、シスターの顔を見ればわかる。

「『ヴェルギナの林』も、もしかしたらそういう人のせいで、何らかの変化があるかもしれません。一言お伝えしておきたくて」

とミランダは話す。

「注意喚起、ありがとうございます」

リックは愛想笑いを作ったが、内心はおだやかではない。

（ミランダさんが悪いわけじゃないけど、また何かフラグが立った気がする）

という予感が走ったからだ。

「まさか、また何かあるの？　うげえ」

リンは彼ほどの経験がないせいか、露骨にいやそうな声を出す。

「余計なことをするバカのせいで、モンスターの動きが変化するということはあるあるだからなあ」

ニーラはため息をついて、髪の毛をかきむしる。

「確認なのですが、危険を感じたときは、目的を達成してなくても撤退しますが、かまいませんね？」

とリックはミランダに問う。

「当然です。みなさんが無事に生還するのが最優先です」

彼女は理解のあるところを見せた。

「話がわかる人でありがたいです」

リックは愛想を抜いた笑みを浮かべる。

彼女の中には依頼で冒険者に無理させてもし全滅したら、自分や商会の風評に影響が出るという計算だってあるだろう。

（でも、冷静な計算ができる依頼主はきらいじゃない）

というのがリックの考えだ。

「今のところは気をつけて行く、ということになりますか?」

エルが彼に問う。

「そうなりますが、いやな人はここで抜けたほうがいいかなと思います。やばくなったら撤退という前提なら、この人数じゃなくてもいいので」

とリックは答えた。

士気が低い仲間がいるのはきついという判断からだったが、

「いいえ、あたしは行く!　エルも行こ!」

リンは負けん気に火が付いたような表情で言う。

「え、うん」

エルは勢いに押されたようにうなずく。

「気をつけていればこのメンバーなら、滅多なことはないでしょう」

シスターが優しく言った。

「前衛が俺、ニーラさん、リンさん、後衛にシスターとエルさん。バランスもいいですしね」

リックも彼女の意見を補足する。

「お気をつけて」

ミランダはどこかホッとした表情になりながら、冒険者たちにエールを送った。


野宿は交替で見張りを立てて進み、目的地である『ヴェルギナの林』へ到着した。

国母《グランドマザー》スライムを倒しに行った森林ほどの規模はないが、似通った雰囲気はある。

「見たところ、おかしな気配はないですね」

とリックが率直に第一印象を言うが、彼としては楽観したつもりはない。

実際に感じたことを並べて、周囲とすり合わせをする方法だ。

「入ってみなきゃわかんないパターンか。面倒かもな。見たところ、三日もあればある程度は調べられそうな規模感だけど」

それを察したらしいニーラが後頭部をかく。

「ドリアードがどこにいるかもわからないですしね」

シスターが合いの手を入れる。

「案外何もないパターンだったりして」

とリンが明るく言う。

リックは一瞬たしなめようか迷ったものの、避ける。

何も今から気まずい雰囲気にすることはない。

「それが一番楽ですね」

とリックが言うと、

「違いない」

ニーラが笑って同意する。

楽だといいな、というのは彼らの本心だ。

「もう、リンちゃん、舐めたらダメだよ？」

たしなめたのはリンと最もつき合いが長いエルだ。

「舐めてないよ。明るい雰囲気にしたかっただけじゃん」

リンはそんなつもりはないとむくれる。

「まあまあ、あたしらは気づいていたから。な？」

ニーラが間に入ってなだめ、リックに同意を求めた。

「ええ。警戒は必要ですが、緊張しすぎもよくないので、リンさんの考え方はありだと思います よ」


リックが真面目に答えると、リンはびっくりした顔で彼を見る。

「あ、ありがとう」

リンは目をそらし、頬を少し赤く染め、もじもじしながら、小さな声で礼を言う。

（照れて可愛いな）

とリックは思ったが、声には出さない。

出せばきっとリンは、照れ隠しできついことを言うだろうから。

「じゃあ行きましょうか」

とリックが言うと、彼の左右にニーラとリン、背後にエルとシスターという陣形ができあがる。

人の手が入っていないらしく、リックの腰や胸の高さまで伸びた雑草が生い茂っていた。

「歩きにくい……」

リンがちょっといやそうな声を出す。

「地味に体力が奪われるから気をつけましょう」

とリックが右横にいる彼女に声をかける。

「視界は意外と悪くないね」

ニーラが周囲を見回しながら言う。

「虫系モンスターは奇襲が得意なタイプがいるので、油断はできませんね」

リックは経験の浅いリンとエルに聞かせるつもりで話す。

「クモは厄介だよね」

とニーラが同意する。

「あとアリもこわいです」

とエルが話に入る。

「アリはたしかに。見落としやすい部類ですね」

リックも同意した。

「？　こんなにしゃべって大丈夫なの、ですか？」

リンが彼にたどたどしい敬語で話しかける。

「人数分の足音や気配を消すのは難しいですからね。自然体のほうがいいでしょう」

リックは即答した。

「わたし、そういう魔法をまだ使えなくて」

エルがしょんぼりする。

「気にしなくていいですよ」

とリックが言ったがなぐさめだけじゃない。

「強い奴になったら魔力や生命力を感知するから、結局対策の対策になって、キリがないしね」

ニーラが理由を話す。

「要するに自分にできることをやればいいのですよ」

シスターがまとめる。

「はい」

リンとエルは感銘を受けたようだ。

そのまま歩いていくうちに、リックの顔に疑問が浮かび、ニーラとシスターの表情がくもる。

「なあ、そこそこ歩いたのに、動物を一匹も見かけないのって、おかしくない？」

とニーラが立ち止まってつぶやく。

「まあ、不自然ですよね。いかにも手つかずの林って感じなのに、ここまで何にもないのが」

リックはため息をついて、賛成した。

本能が「やばいのでは？」とささやいている。

「またかぁ……」

リンがうんざりとした声を出す。

感情の起伏がわかりやすい少女だ。

「今回は正直、予想できてたから」

エルがリンをなだめる。

「ミランダさんの情報のおかげですね」

とリックは言ったが「外れて欲しかった」という気持ちが強めだ。

「何が起こっているのか、調べればみなさんの助けになりますね」

シスター・ヘレナが前向きな発言をする。

「そうですね」

彼女に言われると、やってみようという気になったのは、リックだけじゃない。

ニーラ、リン、エルの三人の表情にもやる気が見られ、ネガティブな感情を上回ったらしい。

(不思議な女性だよな)

とリックは思う。

単にシスターだから、では説明がつかない気がしている。

チラッと目を向けると目が合って、微笑みかけられた。

照れてしまい、そっと視線を前に戻す。

見透かされているような気分になった。

（さすがに考えすぎだろう）

リックはそう思い、目の前に集中する。

「もう少し、進んでみましょう。できればこの林で何が起こっているのか、手がかりをつかみたいです」

リックの発言に最初に賛成したのはシスターだ。

「はい。がんばりましょう」

「まあ、『何か起こっているみたいです』だけじゃあ報告にはならないからね」

仕方ない、という顔でニーラも同意する。

「このメンバーなら何とかなりそうだから安心」

とエルが言うと、

「それは言えている」

リンもうなずいた。

（【色欲】の出番がないといいな）

とリックは彼女たちの会話を聞きながら思う。

そんな簡単に割り切れるなら、苦悩しないのだ。

「リックさん？」

シスターが彼に呼び掛ける。

「おっと失礼」

どうやら自分の判断待ちだったらしいとリックは気づき詫びた。

「やること、気をつけることは変わらないので、注意して進みましょう」

彼の言葉に一同はうなずく。

「ヒントがないんだから、まずは何かひとつ見つけたいね」

とニーラが言った。

「無理はせず、慎重にやりましょう」

リックがつけ加える。

反対は出なかったので、彼らはまとまって移動しながら、周囲を注意深く調べていく。

「あれ？　何かありますよ？」

と声をあげたのはリンだった。

「他に見つかったものがないなら、一度集まってみましょう」

リックが声をかけて、みんなはリンの下へ集まる。

「何を見つけたの？」

ニーラの問いに、リンが地面にかがんだまま、ある一点を指さす。

「何か抜け殻みたいなものが落ちています。ほら」

彼女が言うように、虫やヘビの抜け殻のようなものが転がっている。

「ほんとだ。木の根っこか?」

ニーラが訝しむ。

「ヘビにしてはかなり小さいし、こんな形の虫はいないですよね」

リックも首をひねった。

少なくとも生き物の形だとは思えない。

「あの、もしかして、ドリアードが脱皮した皮とか?」

エルがおそるおそる推測を口にする。

「ドリアードって脱皮するの?」

たずねたのはニーラだ。

「前に読んだ書物に書いていました。高い魔力を得て、上位存在にランクアップする際、脱皮するそうです」

エルが自分でも完全には信じていない表情で語る。

「上位存在か。グレーター・ドリアード、ドリアード・ロードなどがいるそうですね。まさかノームだとは思いませんが」

リックは、一応名前だけは知識として持っていた。

ノームとは大地の化身と呼ばれる、規格外の存在である。

「ノームがいたらもっと植物が周囲を覆い尽くすような状況になっていると思うので、他の個体でしょうね」

シスターが自分の見解を言う。

「ノームがいたら、A級冒険者でもやばいですからね」

とリックが合いの手を入れると、リンが「えっ」と声を漏らす。

「ノームは竜種とほぼ互角で、敵性個体が出たときは、国家の危機になると言われているんだよ、リンちゃん」

エルが親友に教える。

「竜種とほぼ互角!?」

リンは目をむく。

竜種は存在自体が災害だ。

単体でもスタンピードに匹敵する脅威とみなされているし、何ならスタンピードの発生原因の一つとも推測されている。

(彼女が驚くのは無理もない)

とリックは思う。

「そんな大物が出たらお手上げだよねー」

ニーラがケラケラと笑った。

緊張感がないように思われるが、深刻になりすぎないという観点ではいい。

だからリックはニーラを注意せず、

「エルさんは他にどんなことを知っていますか？」

エルに知識の共有を求めた。

「えっと、他には、ドリアードの変異種がいるとか、ドリアード・ロードもかなり手強いらしいくらいしか……すみません」

エルは思い出しながら話し、最後には謝る。

「いえ、いいんですよ。謝ることじゃないです」

リックはあわててフォローした。

判断材料は多くないが、何もないよりもよほどいい。

「そうですよ」

「気にするなよ」

シスターとニーラの二人も、エルに声をかける。

「俺はドリアードが脱皮みたいなことをするなんて、知らなかったですからね」

リックは自虐の笑みを浮かべた。

「ドリアードの上位個体自体がレアですから、仕方ないかと」

シスターが彼を擁護する。

「国母《グランドマザー》スライムほどじゃないにせよ、レアってことか。またしてもこのメンバーはそんなものを引き当てたのかな？」

ニーラは茶化そうとして失敗した。

リックやエルは彼女の意を汲みとって笑おうとしたが、顔の筋肉が期待通り動いてくれない。

まだレア個体だと確定したわけじゃない、と主張する者はいなかった。

「一応、これを持って撤退するという手もありますが、どうしますか？」

リックは気を取り直して、最も安全な道を提案する。

抜け殻モドキの一つでも、王都に回せば有力な証拠として扱ってくれるかもしれない。

「さすがにちょっと弱気だと思う」

と言ったのはニーラだった。

「これだけだとあたしらの手に負える相手じゃないと判断するには、根拠が弱いよね」

「それはそうですね」

リックは慎重だという自覚はあったので、彼女の言葉をためらわず肯定する。

「『ヴェルギナの林』に生息するモンスターで、強力な個体はいない。このメンバーなら恐れる必要がない奴ばかりなんだ」

ニーラは話す。

彼女が言いたいことをリックは察したので、

「つまりこの林のモンスターを駆逐できる強さだとして、それが我々のかなわないほどの存在だとはかぎらないのですね」

と言った。

「そうなんだ。だから判断に困るわけだけど」

ニーラは一転して弱った顔になる。

『ヴェルギナの林』に生息するモンスターの強さがもっと上なら、迷わず撤退できたのだろう。

「リンさんとエルさんの二人を伝令にする、という手もありますね」

リックは第二の案を唱える。

「前回と違ってあたしたちは消耗してないんですけど」

リンが不満をはっきりと露にした。

「失礼ながら魔法使いはいたほうがいいかと。私なら、最悪この林を燃やせますし」

エルはおだやかに過激な発言をして、リックとニーラの度胆を抜く。

「放火はやめて!?」

リックは思わず叫ぶ。

植物系モンスターが火に弱いのはセオリーだ。

弱点対策している上位個体はこの際脇に置く。

だが、火を放てば林そのものに甚大な被害を与えるし、他に入っている人がいれば、命の危機にさらすリスクもある。

「この子、こう見えても魔法に関してはかなり過激で、故郷でのあだ名が【ファイアーウィッチ】だったんですよ」

とリンが秘密を打ち明ける顔で言う。

「それ放火魔って意味だよね？　絶対、火属性が得意な魔女って意味じゃないよね？」

重要なことなので、リックは遠慮なく確認《ツッコミ》を入れる。

「えへっ」

エルは笑って舌を出す。

とても可愛らしいが、ごまかされてはいけない、とリックは心で誓う。

「今回の目的に合致していませんが、『ヴェルギナの林』に生えている植物には、一定の需要があるので、燃やすのは賛成できかねます」

シスター・ヘレナがいつものようなおだやかな口調で、しっかりと反対を告げた。

(シスターが反対するのは珍しいけど、当然だな)

とリックは思う。

「うかつなことをしたら、冒険者としての資格を剥奪されるどころか、指名手配犯になっちゃうよ?」

とニーラがエルをたしなめる。

「あうう、ごめんなさい」

エルはとたんに泣き顔になって謝る。

「まあ、思いつきだったのでしょう」

とリックが彼女を擁護した。

「さすがにそんな過激なことをしないと思います。故郷で反省したので」

リンもエルの味方をする。

(反省するまでに何があったんだ?)

とリックは気になったが、聞ける空気じゃない。

「植物系モンスターなら火の魔法には弱いんだろうし、たしかにエルを外すのはいいアイデアじゃなさそうだね」

気まずい空気を払拭しようとするかのように、ニーラが明るく大きな声を出す。

「そうですね。そもそも二人も減らすというのは、リスクは増えますしね。火力に気をつけてもらえれば、有効なカードとして使えるでしょう」

リックは同意する。

彼は「どんな状況でも林の中で火を使ってはいけない」とは思わない。

周囲に余計な犠牲を伴わないならいいのだ。

「じゃあ、このメンバーでこのまま調査を進めるってこと？　話し合った意味ってあるのかな？」

とリンが首をかしげる。

「大きな出来事に臨む前にできることを整理し、みんなの意思を統一することで、動きやすさが圧倒的に変わります。地味ですが、重要です」

とシスターが語る。

「そうなんだけど、シスターに言われると何か違和感があるね」

ニーラが言って笑うと、エルとリンもつられて笑う。

リックも内心は同感である。

(シスターってときどき、ベテラン冒険者みたいな言動になるんだよな)

少なくともリンやエルより、経験値では圧倒しているとしか思えない。

「抜け殻は【キャッスルボックス】に入れておきましょう。危ないと思ったら撤退を第一に考えましょう。リンさんとエルさんは早めの離脱を心がけてください」

とリックはリーダーとして指示を出した。

第七話　ヴェルギナの林・後編

リックが少し前に出て、リンとニーラが両脇の位置で続き、最後にシスターとエルだ。

（やっぱり俺が一番前じゃないとな）

とリックは思ったのだ。

それに彼の視界の外を他の四人に見てもらえるほうが、安定するだろう。

「あっ」

声をあげたのはリンで、彼女が指さした方向にはまた抜け殻のようなものが落ちている。

「またか。拾う？」

ニーラがリックに問う。

「ええ。提出物は多いほうがいいでしょう」

リックは即答する。

「そりゃ材料は多いほどありがたいよなあ」

鍛冶師としての感想をニーラがつぶやく。

「実感がすごいこもっていますね」

　とリンが言う。

「あたしらだって、扱うものが違うだけで、やっていることは研究者と大して変わらないからね」

　ニーラは笑う。

「あたしが拾いますね」

　リンは素早く拾ってパーティーに合流する。

「さっきのより大きいですね」

　と言って支給された【キャッスルボックス】の中に入れた。

「さっきより？　まさかと思うけど、脱皮をくり返してるんでしょうか？」

　リックにいやな予感がよぎる。

「……ドリアードという種を考えれば、体の部位でサイズは変わるのは何もおかしくないと思うよ」

　ニーラが答えた。

「一瞬の間が気になりますね。脱皮を二回して成長した個体かもしれない、と考えてもいいでしょうか？」

リックは安全に関わることだからと、妥協せず確認する。

「当然、可能性は否定できないね」

ニーラは肩をすくめながら認めた。

「……いつでも逃げ出すつもりでいてください」

リックは特にリンを見て言う。

最も身軽で足の速いリンが、急を知らせる伝令になるのが理にかなうからだ。

リン自身、自覚はあるようで小さくうなずく。

明るかった雰囲気はすっかり息をひそめ、シリアスな空気が彼らを包む。

リックを先頭にして彼らは奥に行き、そして一本の幹が白い樹を見た。

「白い……？」

リックは訝しむ。

ここまで見てきた木々の幹は茶色か灰褐色がほとんどだっただけに、白は目立つ。

さらにサイズも他の木よりは小さく、シスターの背丈並みしかない。

「単なる病気の可能性もあるけど、ね」

ニーラはそう言ったが、自分でも信じていない表情だ。

「そういったお話を聞いたことはありません。ここは需要があるので、目撃者が一人もいないのは不思議です」

シスターの発言は重い。

「それに書物の挿絵に描かれていたドリアードの姿に似ています」

とエルが言う。

「ならほとんど決まりでしょうね。ドリアードってたしか、会話できる個体もいるんでしたよね？」

リックが問いかけると、

「いますけど、それって上位個体ばかりですよ……？」

エルはおそるおそる指摘する。

「脅威度は高くなるけど、戦いを回避できる可能性が生まれたと考えましょう」

リックはそう主張した。

「そう上手くいくかな？」

ニーラは懐疑的な表情だったが、反対はしない。

「争わなくてもよいなら、避けるべきでしょう。素敵な着眼点です」

シスターはリックを賞賛する。

「いや、ただの思いつきですし、上手くいくかはわかりませんよ」

リックは照れながらも、浮かれずに答える。

「やるだけやってみよう。交渉できるほうがお得だしな」

ニーラはメリットを考慮してか、賛成に回った。

「まずは俺一人で話しかけてみます。言い出したのは俺ですからね」

とリックは告げる。

リスクはあるが、言い出した人間がやるのが責任だと、彼は思う。

「気をつけなよ」

ニーラは心配した顔で、

「いつでも支援できるように待機します」

シスターはいつものおだやかな表情で白い樹に近づくリックを見送る。

リックが樹に近づくと、ガサガサと葉が音を立てて、樹そのものが揺れて、幹から女性の顔が浮かぶ。

「マタニンゲン？　何の用ダ？」

ぎこちないが人間の言葉にリックは少し驚く。

（期待はしていたけど、まさか本当にこうなるなんて）

「あなたはドリアードですか？　あなたの体から落ちた、葉や枝を分けてもらえませんか？」

　率直にお願いしてみる。

「ニンゲンハ我ヲソウ呼ブナ。落チタ葉ハカマワナイ。枝ハダメダ」

　ドリアードは迷わずに返事する。

「ダメですか……」

　リックは肩を落とす。

（せっかく戦わずに手に入ると思ったのに）

　そんな上手い話はなかった。

「変ナニンゲンダ。戦ワナイノカ？」

　ドリアードに問われる。

　表情に変化はないが、不思議がっているのは伝わっていた。

「こうして話ができますし、いきなり攻撃されたわけでもないので、正直戦いづらいですね」

　リックは本音を正直に明かす。

　まともに戦っても簡単に勝てそうにない相手なら、なおさらだ。

「ホウ？　我ニ挑ンデキタ者ハスベテ養分ニシテヤッタガ、オマエミタイニ話ガワカルナラ別ダ」

ドリアードは言って体を揺らす。

(みんな養分にされたのか……)

リックの心に黒い靄《もや》がかかるが、すぐに振り払った。

(だが、襲ってきた相手を返り討ちにした、というのは咎めるわけにもいかない)

と彼は思う。

「怒ラナイノカ？」

ドリアードは探るような言い方をする。

「あなたは自分の身を守っただけでしょうから、怒るのは違うかと思います」

リックは言葉を選びながら答えた。

「身を守る権利はモンスターにだってあるので、脅威になる存在以外は、なるべく倒さないのも良識ある人間のふるまいだ。ときとしてモンスターに恵みを分けてもらうこともある」というのが、シグムンドの教えの一つだ。

「……変ワッタ奴ダ」

ドリアードは言って目を少し上に動かす。

人間なら何かを考え込む仕草に見える。

「我ノ条件ヲノムナラ、マビキタイ枝ヲワケテモヨイ」

数秒後、ドリアードはこんなことを言い出した。

「え、本当ですか？」

意外な申し出に、リックは目を丸くする。

「アア。生気ガホシイ」

ドリアードの要求はストレートだった。

「んんん？」

リックは一瞬「せいき」の意味がわからなかった。

脳が理解を拒絶したのかもしれない。

「生気、ですか？　俺の？」

リックは自分の顔を指さす。

「アア。アト、メスモダ。一人デイイ」

ドリアードは淡々と要求する。

断られると思っていないのか、断られてもかまわないのか。

圧倒的な強さに裏付けされた自信を感じるので、リックは離れた位置で待機している、
女性たちを見る。

「相談する時間をもらってもいいですか？」

リックは視線を戻して問う。

「好キニシロ」

ドリアードに異論はないようなので、リックは女性たちのところへ戻って、事情を話した。

「生気？　何ですか？」

きょとんとしたのはリンで、リックは「ピュアな子だな」と思う。

エルは苦笑いしており、ニーラは「あちゃあ」と言いたそうだ。

「では、わたしが引き受けましょう」

シスターはいつもの笑顔を浮かべて名乗り出る。

「シスターが!?」

人間全員が叫ぶ。

「生気という点では、わたしも合格ラインだと思います」

とエルが言う。

「シスターは温存したいんだよね……まだ危険がないと決まったわけじゃないし」

ニーラが慎重な姿勢を見せる。

「ううう。エルがやるならあたしもやりたいのに……」

リンは悩まし気にうなった。

彼女は自分が負担できないことを気にしているらしい。

リックは少し考えてひらめく。

「シスターとエルさんの二人を提案してみましょうか？　その分一人から吸う分を減らしてもらえれば、リスク管理になるのでは？」

わりと名案じゃないか、とリックは内心思う。

「わたしはいいですけど」

「わたしにも異存はありません」

エル、シスターの二人に反対されなかったので、彼はドリアードに交渉しに行く。

「マアイイダロウ。ホシイ分ヲモラエルナラ」

ドリアードはあっさり認める。

「では二人を連れてきます」

リックが戻ると、二人だけでなくみんながついてきた。

「全員そばにいるほうが安心だよね」

というニーラの言い分はもっともだった。

「何ダ？　ミンナ寄ッテキタカ」

ドリアードは人の顔を浮上させ、瞳の部分を動かす。

「人間の女の顔に見えるね」

とニーラが小声で言う。

「生気は俺と、こちらの二人の女性でお願いします」

とリックがシスターとエルを手で示す。

「承知シタ」

ドリアードが言うと、地面から白い根が伸びてきて、三人の体を包む。

「やぁん」

と甘い声をあげたのはエルで、

「んん」

シスターは声を押し殺す。

リックは特に何も感じなくて、

（あれっ？）

と思ったが、場の空気を読んで、必死に表情を取り繕う。

根から魔力が吸われているのはたしかに感じる。

リンは知らなかったらしいが、生気と魔力は呼び方が違うだけで、同じものだからだ。

「あっ」

とエルから声が漏れる。

リックの気のせいでなければ、ドリアードの根はおっぱいを強調するような絡み方をしているし、どことなく動きがいかがわしい。

「んん」

シスターは必死に声を抑えているが、それがかえって煽情的になっていた。

ニーラとリンはそんな二人を心配そうな表情で見守っている。

(……俺はまるで全身をマッサージされているみたいだ)

しかもけっこう心地よく、リラックスできてしまう。

(もしかして、二人も同じ感覚なのか?)

とリックは疑問を抱く。

そのわりには反応がやけに艶めかしく、【色欲】が発動しそうな気配さえある。

(今発動したらやばい……)

リックは背中に冷や汗をかく。

【色欲】が人間以外に通用するか、未知数である。

ましてドリアードは性別があるかすらわからない。

通用せず、敵対行為とみなされたら最悪だ。

ここまでしっかり拘束されている状況だと、敵対しただけで詰みかねない。

(耐えろ、耐えるんだ、俺!)

リックは必死に自分に言い聞かせる。

「ヨシ、充分ダ」

彼の願いが通じたのか、ドリアードは満足そうに三人を解放した。

「はーっ」

エルは地面にぺたんとしりもちをつき、肩で息をしながら、胸を揺らす。

「はっ」

シスターはエルの隣に座り込み、体を震わせながら必死に堪えている。

二人とは対照的に、リックは何事もなかったように着地した。

そのせいか、ニーラとリンの視線は、エルとシスターに向けられている。

(俺だけマッサージでコリをほぐしてもらいたかっただけみたいだな……)

何だかいたたまれない。

「三人トモ期待以上ダッタ」

ドリアードは満足そうに言って、リックに向けて、五枚の葉に枝を二本差し出す。

大きな枝を腕代わりにしているようで器用だ。

「約束ノモノダ」

「ありがとうございます」

リックはホッとしながら受け取る。

正直、期待以上の報酬だったが、まだ腰が抜けて立てないらしいシスターとエルの手前、喜びは抑えた。

「生気を吸われただけだから、休めば元通りになるだろうけど」

ニーラは言ってからドリアードをちらっと見る。

「我ハ約束ヲマモルゾ」

ドリアードはすぐに答えた。

「ええ。ただ、こっちには刺激が強かっただけですよ」

すかさずリックが言う。

「だよな。ごめん」

ニーラは素直にドリアードに詫びる。

「誤解ハ仕方ナイ」

ドリアードは鷹揚なところを見せて、人間の顔を消す。

会話は終わりということだろう。

「ここで休んでいきましょう」

とリックは提案する。

いやならドリアードが何か言ってくるだろう。

「そうだね」

ニーラが女性を代表して同意する。


リックが水を二回飲んだ頃、ようやくシスターとエルの状態が戻ったので帰路についた。

「すみません、お待たせしました」

シスターがまずみんなに謝り、エルがペコっと頭を下げる。

「謝ることではないですよ。いろいろと大変でしたね」

リックが最初にフォローしたが、

「リックさんはタフですね。すごいです」

「ほんと。私はまだまだなんですね……」

シスターやエルの尊敬と罪悪感を増幅させた。

「どうも」

二人の手前否定するわけにはいかず、リックは一応賞賛を受け取る。

「あとは帰るだけか」

リンが拍子抜けという顔をする。

「何もないのが一番ですよ」

とリックが笑うと、

「冒険者らしからぬこと言うね」

ニーラがツッコミを入れたが、彼女も相好を崩していた。

「危険を避けるのは、優れた戦士に共通するのでしょうか？」

シスターが首をかしげる。

（他にも同じような考えの持ち主がいるのか？）

とリックは考えたが、別に不思議じゃない。

「私も危険はないほうが嬉しいですね」

エルも賛成する。

「えー、スリルはあるほうが……」

リンは反対意見らしいが、自分が少数派だと思ったのか、語尾を濁す。

「スリルなら、ないと決まったわけじゃないですよ」

先頭を歩きながらリックが言うと、

「どう見てもドリアードの上位個体でしたもんね。種類まではわからないですけど」

エルが同意する。

「あれほどの個体が、街の噂話に出たことないのが不思議ですね」

シスターが疑問を口にした。

「あー、それはたぶん……」

リックは言いよどみ、女性たちの視線が集まる。

(調べればわかることか)

と彼は迷いを捨てて事情を話す。

「……つまり、あのドリアードと遭遇した人は全滅しているのですか」

シスターは顔をくもらせる。

「ウチの街で行方不明者が出たって話を聞いたことがないから、他の街の人間かもしれないね」

とニーラが指摘した。

「街の人じゃなくて、盗賊、犯罪者かもです。騎士団が巡回に来ない森や林に、盗賊が住み着くことがあったので」

エルの言葉にリックだけじゃなくて、ニーラとシスターも意表を突かれる。

「そっか。犯罪者という線もありますね」

「街の人間に情報が回ってないなら、そっちの可能性が高いね」

ニーラも納得する。

有名な大物犯罪者でもないかぎり、誰がどこに行ったか、市井の人は知らず、話題にもならない。

「なるほど……」

シスターの表情は複雑だ。

犯罪者といえども、モンスターに殺されるというのは受け入れがたいのかもしれない、とリックは推測する。

「シスターには悪いけど、無辜《むこ》の市民に犠牲が出てないなら別にいいし、冒険者ギルドや騎士団も動かないかも」

ニーラの言うことは一般論として正しいが、リックは素直にうなずけなかった。

「どうかした？」

そんな彼の様子に気づいたのか、ニーラが問う。

「いえ、あの個体は会話ができるので、物珍しがった人が、討伐を試みないといいなと思いまして」

リックの懸念に、女性たちはみんな顔をしかめる。

「あり得そうだなー。たいていの場合、ああいうレアな個体からは、優秀な素材が手に入るものだし」

と話すニーラの言葉には実感があった。

（依頼されないといいな。……されても断るか）

リックはそんなことを考えながら歩みを進めた。

帰りの野宿でもトラブルはなく、無事に街へ到着したので、そのままメガロ商会の支店に一行は顔を出す。

「おかえりなさい。たしかリックさんでしたね」

店の前で声をかけてきたのは、見覚えのある男性店員だ。

どうやらリックの顔と名前は覚えられているらしい。

「ええ。ミランダさんの依頼を果たして戻ってきたのですが、いらっしゃいますか？」

とリックが代表して問う。

「ええ、奥で事務仕事をしていますよ。呼んできますね」

男性店員が応じた直後、

「その必要はないわ」

というミランダの声が聞こえて、本人が姿を見せる。

「おかえりなさい。みなさん無事に帰還していただいて、ひとまずは安心しました」

いい笑顔で、本心だろうな、とリックは思う。

「まるっきり無事というわけでもないですが」

彼が言うと、ミランダは「おやっ」という顔になる。

「何かあったか教えていただいてもよいですか？」

「ええ。ただ、ここでは難しいですね」

彼女の要求にリックが答えると、

「わかりました。では例の場所へ行きましょう。みなさんどうぞ」

ミランダはすぐに決断して、リックたちをカフェの三階へ誘った。

「へー、こんなところがあったのか」

ニーラは感心し、

「何か秘密基地みたいだね」

「私も思った」

リンとエルはわくわくした表情で、ささやき合う。

(その発想はなかったな)

ミランダの次を歩きながら、リックは二人の発想に感心する。

秘密基地なんてむしろ少年時代を過ごした彼の守備範囲なのに。

おそらくオシャレなカフェと、基地を結びつける感性が自分にはなかったのだ、とリックは自己分析する。

「どうぞ」

ミランダに促され、リックは再び足を踏み入れた。

前回二脚しかなかった椅子が人数に合わせて増えている。

それならまだいいのだが、三対三で向き合うような置かれ方だ。

「席はご自由に」

とミランダは言うが、リックは判断に迷って女性たちをちらっと見る。

彼女たちも視線で相談しあった結果、真ん中にそれぞれミランダとリックが先に座った。

そしてリックの左右にシスターとニーラ、シスターの正面にリン、反対側にエルが腰を下ろす。

見事に女性ばかりだ。

（こうして見ると、若干落ち着かないな）

とリックは情けないことを思う。

冒険の最中なら、女性しかいない環境でもそれなりに平気なのだから、自分自身でも不思議だ。

見覚えのあるネリーが飲み物を運んできて、退出したタイミングで、

「では何があったのか、うかがいましょう」

ミランダはリックの目を見ながら言った。

リックは代表して依頼中にあった出来事を語る。

「会話ができる白いドリアードですか」

ミランダは目を見開き、思案顔になった。

「そんな個体がいるという情報は聞いたことがありませんね。足取りを追えなくなった盗賊団の話なら、知っています」

「それだ！」

ミランダの答えにニーラが食いつく。

「全員養分にしたと話してたわりに、被害報告がないから、おかしいなってあたしらでも

話してたんだよ」

彼女の言葉にリックたちはみんなうなずいた。

「消去法でしたが、合っていたみたいですね」

とリックが合いの手を入れる。

「一般人が知らないのは、おそらく『ヴェルギナの林』の奥のほうにまで行ける人がいないからでしょう」

ミランダが予想をしゃべると、

「白いドリアードは、あの場所から動く気がなさそうでしたからね」

リックは自分の印象を話す。

「それなら脅威度はそんなに高くなさそうです」

ミランダは薔薇の花びらが浮かんだ水を飲み、

「とは言え、冒険者の方なら行けるでしょうし、報告はしておくほうがいいでしょうね」

と続ける。

「ええ、このあとギルドには報告します」

リックは同感だとうなずき、【キャッスルボックス】から素材を取り出す。

「これが依頼されていたものです。確認してください」

「まあ！　かなり多いですね」

ミランダは大きく目を開いて、感嘆の声をあげる。

「けっこう気前のいい個体でしたね」

エルが思い出しながら評価する。

「店員に任せますが……レア個体なので、一部はギルドに提出するほうがいいかもしれませんね」

ミランダは少し考えてから言った。

「新種発見の手柄があたしたちにもらえるかもだけど、いいのか？」

ニーラがミランダの配慮を察しながら、確認する。

「ええ。手柄は正しく把握されるべきです。それにお話をうかがった感じだと、二度とこの素材は手に入らない、というわけではなさそうですし」

ミランダは自分の意見を話す。

「たしかに戦いを仕掛けず、向こうの要求を飲むなら、次も素材は分けてもらえるという手ごたえはあります」

リックは納得して言う。

「ま、何もモンスターを倒すだけが冒険者じゃないもんね」

ニーラがうなずいて共感を示す。

「勉強になります」

エルは言って、リンと二人で神妙な顔をしている。

「無益な争いや殺生を避けるという志はとても尊いです」

シスターはうれしそうに頬をゆるめた。

(この人はそうだろうな)

とリックは思う。

ひと口に聖職者と言っても、戦闘や殺生に関してのスタンスには差がある。

あくまでも彼女個人の考えなのだろうが、リックには好ましい。

「みんながあなたたちのような意見ならいいのですけど」

とミランダは表情を少しくもらせて、歯切れの悪い口調で言う。

「何かあったのですか?」

「いえ、アルミラージの角の闇依頼を、思い出しただけです」

リックの問いにミランダは首を振って微笑む。

(どことなく取り繕っているように見えるな?)

リックは怪訝に思う。

女性の表情を見抜く自信はないし、じろじろ見ては失礼だとすぐに視線を外したので、気のせいかもしれないが。

「あっ、そうそう！」

ミランダは微妙な雰囲気を払しょくしようと、明るい声を出す。

「みなさん、今後の予定はどうなっていますか？　できれば護衛の依頼を出したいのですけど」

「護衛ですか？　何でまた？　ミランダさんなら、商会の護衛戦力を用意できますよね」

みんなが似たような反応をしたので、リックが代表して問う。

「離れた都市を治めているサンスエル男爵との商談に向かうのですが、馬車で片道五日以上かかることと、モンスターが多いエリアを通過することと、相手が貴族なのである程度の力を示しておくほうが、後難を避けやすいと考えたためです」

ミランダは一人一人順番に顔を見ながら、説明する。

「相手はお貴族様かあ」

ニーラはいやそうに顔をしかめた。

今にも舌打ちが聞こえてきそうである。

「貴族って言ってもいろいろいますけど、サンスエル男爵ってどんな人なのですか？」

リックは聞き覚えがない名前だと思いながら、疑問を口に出す。

「うーん、新しいものと珍しいものが好きで、あとは女好き。噂ですけどね」

ミランダが苦笑を浮かべながら教えてくれる。

「女好きか。まあ、男の貴族ってそんなものだよね」

ニーラが舌打ちした。

(気まずい空気だ)

とリックはこっそりため息をつく。

自分に矛先が向いたわけじゃないのだが。

「それだと女性が行かないほうがいいのでは?」

リンがミランダに疑問をぶつける。

「わたしが同性の護衛が欲しいのです。ウチの護衛、女性が少なくて」

ミランダが困った顔で答えて、

「わたしはともかくメガロ商会そのものは、並の貴族よりも資産を持っているので、何もないと思いますけど」

と補足した。

「そうですよね」

エルは納得する。

「同感です」

とリックはうなずく。

「護衛の数はその人の立場を示すものでもあるので、多いほうがよいというのはわかります」

シスターが言ったが、エルとリンに聞かせている口ぶりだった。

「商会の護衛が五人、みなさんと合わせて十人もいれば、安心かなと」

ミランダの言葉に、リック以外がうなずく。

「リックさん、不明な点でも？」

ミランダの問いかけに、女性たちの視線がすべて彼に集中する。

「出発の日にちと、報酬の点を確認させてください」

リックは物怖《ものお》じせずに要求した。

「ああ、そうですね。つまりそれ次第では請けてくれるのですよね？」

ミランダからの確認に彼は首を縦に振る。

「断る理由はないです」

リックの言葉に彼女は満足し、

「男爵へ返事はまだ出してないので、みなさんの都合に合わせることは可能ですよ」

と言う。

ここでみんなの視線がシスターへと移る。

「では、日程を調整してミランダさんにお伝えしますね」

シスターの回答で、ドリアードの件と同じやり方で、調整されることになった。

第八話　サンスエル男爵

数日後、リックはミランダたちと街の門の外で合流した。

商会が用意した馬車二台に十一人が分かれて乗り込むのだが、

（あれ？　俺ってミランダさんと一緒？）

リックが指定されたのはミランダが乗るほうだった。

いやだと言える立場でも雰囲気でもなかったので、素直に従う。

ミランダの左右には女性の護衛たち、対面にリック、シスター、ニーラだ。

「まあ、お嬢様の安全が第一と考えれば、納得の組み合わせ」

とつぶやいたのはニーラである。

「あちらはベテランと若手のバランスのいい組み合わせだと思います」

答えてミランダは微笑む。

「さすが商人」

ニーラは感心したし、リックも同感だ。

（本当にそんな気がするものな）

口の上手さではかなわないだろう。

もっとも、金払いがよい、いい依頼主ではあるが。

「日程には余裕があるので、道中は野宿を避けて、すべて宿をとろうと思います」

ミランダの説明にリックはうなずいて、

「十一人の宿をとるなんて、大きな商談になるのですね」

と言う。

片道五日以上で馬も二頭いることを考えると、かなりの出費になるはずだ。

話を持ち掛けられたときは今一つピンと来なかったのだが、自分の目で実際に見れば、すごいことなのだとよくわかる。

「ええ、さすが貴族というところです。もちろん、上手くいけばの話ですが」

ミランダは自信をのぞかせつつも、楽観はしていない様子だ。

「上手くいかなかったら出費が痛いのでは？」

リックが心配すると、

「それも含めての商いです。冒険者だって常に目標通りの成果をあげられるわけじゃあないでしょう？」

ミランダに切り返される。

「たしかに」

上手くいかないことは珍しくない、とリックは納得した。

「せっかくなので、冒険の話を聞かせていただいても？」

とミランダに話を振られたので、リックは期待に応えてみる。

もっとも、ドリアードに条件を出された結果、どんなことをされたか、女性たちの手前、省いたが。

彼の話に何度もうなずいていたミランダは、

「あのドリアードは変異種だったようです。素材も上質ですね」

と話す。

「やはりですか」

「会話ができる上に、かなり理性的だったからね」

シスターとニーラが納得の声をあげたし、リックも同意見だった。

「おかげさまで研究がはかどりそうですが」

と言ったところでミランダは苦笑する。

「質がいいので、量産品には使えないですね。高級商品になりそうです」

「ああ、それはよくないですね」

リックも状況を察した。

「あの個体以外、ドリアードとは遭遇しなくて……」

リックは理由を話したが、言い訳っぽいなと自分でも思う。

女性冒険者用アイテムというコンセプトだったのだから、価格の設定はあまり高くできないはずだ。

「疑っているわけじゃないですよ。完成品の質を高めて、上級冒険者用とするしかなさそうです」

ミランダは笑う。

「すぐにプランを考えられるのはさすがですね」

リックは褒めたが、お世辞を言ったつもりはない。

「これで生計を立てていますからね」

ミランダは笑みを引っ込め、すまし顔で答える。

その後、雑談へと話題が変化していき、リックは女性陣のやりとりの聞き役に回ることになった。

「まさか、道中で何も起こらないなんて……」

サンスエル男爵が治めるという大きな街（と言うよりは都市）の中へ入ったリックは、思わず驚きの声を漏らす。

「何でもかんでもトラブルが起こるわけじゃないじゃないですか」

言ったのはミランダだったが、ニーラもシスターも彼女と一緒に笑う。

不謹慎だ、と言いたげな目をリックに向けたのは、ミランダの両脇を固めている女性の護衛二人だ。

ミランダが逗留のために押さえた『大海原亭』という宿に、みんなで向かう。

「『大海原亭』は馬のお世話もしてくれるので、馬で旅する人にはとてもありがたいお宿なのですよ」

とミランダが話す。

「ほんとだ。かなり大きくて豪華で、設備も充実してそうですね」

リックは実物を見て納得しながら馬車から降りる。

彼女の説明がなければ、ここがサンスエル男爵の屋敷と勘違いしたかもしれない。

「あー、お尻痛い」

「馬車の時間長かったもんね」

もう一台の馬車から降りてきたリンが愚痴り、エルが相槌を打つ。

護衛たちはみんな平気そうで、経験の違いがうかがえる。

二人の少女はリックたちを見て、

「みんな平気そう」

とリンが目を丸くした。

「わたしたちの修行不足なのかもね」

エルが応じる。

彼女たちにとってリック、ニーラ、シスターが平然としているのは、驚きが大きかったらしい。

「乗り心地かなりよかったですよ」

リックが率直に感想を言うと、

「ああ。乗り合い馬車はもっとひどい。腰を痛めるだけじゃなくて、脳を揺さぶられ続ける場合だってある」

ニーラが笑いながら経験を話す。

「本当は馬車事業にも参入したいのですが、なかなか難しくて」

ミランダは悔しそうな顔で言う。

「大商会でも難しいことがあるのですね」

リックには少し意外だった。

羽振りのいい大商会なら、貴族にもツテを持っているのが普通である。

「他の大商会のナワバリになっている事業は厳しいですよ。せいぜい、乗り心地を改善するアイテムを提案するくらいですね」

ミランダは残念だという表情で肩をすくめたが、リックは何か引っ掛かるものがあった。

「ん？　馬を養う費用がいらない分、そちらのほうが利益は出やすいのでは？」

リックが指摘するとミランダは、

「ふふふふ」

魅力的な顔で笑うだけで、答えをごまかす。

（答えたのと同じだな）

とリックは思ったが、言葉にはしない。

商人なりの機微があるだろうと考えたからだ。

「ゴズル、馬車のことは任せましたよ」

とミランダが言うと、若い男性護衛がうなずく。

「はい、お嬢様。お任せを」

「キースは先触れとしてサンスエル男爵邸に向かってください」

「はい」

次のミランダの指示に返事をしたのは、壮年の男性だ。

「ああ、お貴族様だから、事前に知らせなきゃいけないのか」

面倒だね、とニーラがつぶやく。

「今日のところはのんびりと宿で休みましょう」

ミランダの言葉は常識的で、だからこそみんなうなずいた。

だが、困惑顔で戻ってきたキースの言葉でのどかな気分を壊される。

「えっ？　今日の夜ですか……？」

宿の最上階の一番いい部屋で、ミランダは眉間にしわを寄せた。

到着したその日のうちに呼び出されるなんて、普通ではない。

「横暴で平民を人と思わぬ方ならあり得ますが……」

と言ったミランダの表情がくもる。

「メガロ商会のお嬢様に、男爵がこんなに強い態度をとるなんて、何を考えているのでしょうか？」

女性の護衛たちがそろって憤慨した。

「何も考えてないバカ殿様という可能性があるかも」

ニーラがぼそっと言って、ミランダと商会の護衛たちをぎょっとさせる。

「調べたかぎりではあまりひどくなかったので、今回の話を請けたのですが、わたしの見立てが甘かったのかしら」

ミランダはそっと息を吐き、ちらりとリックを見る。

「いいわ。ここまで来たのだから、招待に応じましょう」

と彼女は決断を下す。

「信頼されているね」

ニーラがそっとリックに耳打ちする。

「そうだといいですけど」

リックはとっさに小声で返す。

「ちょっと自虐すぎない？」

ニーラは呆れた表情で彼を見る。

「そ、そうですか？」

顔の距離が近いので、リックはドキッとした。

（【色欲】はどう考えても変態の部類だと思うけど……）

という感覚こそ彼が自信を持てない要因である。

「お二人とも？　顔を近づけてナイショ話ですか？」

ミランダが二人を見る。

「護衛の打ち合わせだよ。あたしらも参加するんだろ？」

ニーラがとっさにごまかす。

リックが「上手い」と感心していると、ミランダと目が合う。

「そうですね。俺たちはどうすればいいのですか？」

リックは何食わぬ顔でニーラに話を合わせる。

「同行できると思いますが、武器は預けないといけないかもしれません」

ミランダは答えた。

「まあ、そこは仕方ないよね」

ニーラは受け入れる。

「では着替えましょうか。この格好では貴族様相手では失礼になります」

ミランダは手を叩いて言った。

「完全な旅装ですからね」

とリックがうなずく。

「場所に応じて服を着替えるなんて、面倒だなぁ」

「ほんと」

リンとエルは愚痴る、と言うよりは正直な感想を漏らす。

内心リックも同感なのだが、経験によって口に出さない分別が身についていた。

「大丈夫。二人とも可愛い服装が似合うと思いますよ。わたしのほうで用意してあるので、遠慮は無用です」

ミランダが笑顔で話しかけると、リンとエルは顔を見合わせる。

「じゃあ、着てみます」

リンの頬がうっすらと赤くなっているのは、服への期待感だろうか。

ミランダが護衛のためにとった部屋へ行く。『猫のヒゲ亭』よりも等級は上だった。

「金があるところにはあるものだ」

リックは室内を見回してつぶやき、旅装を解いてミランダが用意してくれた服を着る。

黒を基調とした、貴族が社交場に着ていくような服だった。

槍は持ち込めないだろうと置いて、同じ階の奥にあるミランダの部屋のドアを叩く。

「はい」

開けてくれたのは女性護衛で、華のあるドレスに着替えている。

「護衛のわりには服が立派じゃないかと思っていたのですが……」

とリックは言ったが、目の前の女性の服も似たような等級だった。

「相手が貴族様ということで、少し上を用意なさったのです」

女性護衛は言って通してくれるが、少し動きにくそうだ。

（くるぶしが隠れる丈のパーティードレスって、動き回るのに不向きだろうな）

とリックは同情する。

あれでは近接戦闘職が本領を発揮できるとは考えにくい。

「リックさん、いらっしゃったのですね。似合っていて素敵ですよ」

護衛よりも華やかなドレスに身を包んだミランダが褒めてくれる。

「ミランダさんこそ、とてもお似合いです」

リックは照れながら褒め返すが、素朴な言葉しか出てこない。

実際、白を基調として、露出を抑えた上品なドレスはミランダによく似合っている。

（一流の冒険者、シグムンドさんなら、ここでもさらっと決めるのだろうか）

リックは本人に知られたら「神格化も無茶ぶりするな！」と突っ込まれそうなことを考えた。

「うう、恥ずかしいよう」

「可愛いよ、リンちゃん」

続けて情けない顔をして、声をあげたリンと、彼女をなだめるエルが入ってくる。

リンは桃色を基調としたドレスで、丈は膝の下くらい。

エルは青色のドレスで胸の谷間がはっきりとわかる。

丈はくるぶしの上くらいだが、大胆で挑発的なものだという印象は拭えない。

「二人ともとても素敵ですよ。ねえ？」

ミランダは褒めたあと、リックに同意を求める。

「ええ、そうですね」

リックはうなずいた。

エルの胸元に視線を思わず向けてしまい、彼女に感づかれる前に素早く位置をずらす。

「こういうのは苦手だなあ」

と言いながらやってきたのはニーラだ。

彼女も胸元を強調するような、水色のドレス姿になっている。

一緒にやってきたシスター・ヘレナは旅装ではない、普段の修道着だった。

「シスターが羨ましい」

とニーラがぼやくと、

「シスターはそれが正装として認められていますもんね」

リンが同調する。

「楽と言えば主に失礼になる気がしますね」

シスターは困った顔で応じた。

「着ることができる服の数は、普通の女性より少ないでしょうしね」

リックがシスターのフォローをする。

「そっか。それはそれでいいことばかりじゃないかも」

リンがすんなりと認めた。

「リンちゃんはオシャレがけっこう好きだもんね」

エルが言うと、

「い、今は言わなくていいから」

リンはなぜかあわててエルの口を塞ぎに行く。

二人のきゃっきゃっが落ち着くと、ミランダが手を叩いた。

「では参ります。商談はわたしが行いますが、みなさんは『もしも』のときに備えてください」

彼女の言葉に護衛全員がうなずく。

サンスエル男爵の屋敷は『大海原亭』より少しだけ豪華だったが、庭は広い。

「お貴族様でも男爵ならこれくらいなのかな」

「たぶんね」

リンとエルがさすがに小声で言い合った。

失礼な発言だという自覚はあるのだろう。

「そこで止まれ！」

門番らしき男たちが槍をリックたちにかまえて呼び止める。

「サンスエル男爵様と約束をとってある、メガロ商会のミランダと申します」

ミランダが進み出て、優雅な笑みを浮かべながら、上品なあいさつをして手紙を差し出した。

若い男が思わず見とれたのは無理ない、とリックは思う。

【色欲】のせいで無駄に耐性ができていなければ、自分だってミランダの魅力にやられそうだからだ。

「護衛十名だったな。さすが大商会。護衛の数も多い」

年かさの門番はちらちらとリックや男性護衛を見ながら、

「武器の持ち込みは許可できないぞ。メガロ商会を疑っているわけではないが、特別扱いすることもできないからな」

と告げる。

「当然ですね」

ミランダは素敵な笑顔で同意した。

護衛たちは順番に武器を門番たちへ預けていく。

「あなたは手ぶらですか？」

若い門番にふしぎそうに訊かれたリックはうなずいた。

「持ち込めないと思っていたので」

「それは大胆ですね」

リックの言葉に門番たちが驚く。

「たしかに、頼りがいがありそうです」

とミランダが同意する。

（貴族の屋敷なら、どこかに武器はあるだろうと思っただけなんだけど……）

リックは本当の意味で丸腰になることはないだろうと楽観していただけなので、胆力を褒められると少々気まずい。

門番がマジックアイテムで連絡をしたのだろう。

屋敷のドアから執事服の男性が三人現れて、続いて目の前の門が開く。

「ミランダ様ですね？　ようこそいらっしゃいました」

最年長だろう白髪の執事がうやうやしく一礼する。

「主が待っております。どうぞ中へ」

先頭を歩くのは言うまでもなくミランダだ。

その次に女性護衛二人が並び、男性護衛、冒険者たちと続く。

（最後なのは気楽でいいな）

とリックは石畳の上を歩きながら、ポジティブに考えた。

責任から逃げるつもりはないが、責任が発生しないほうがいい。

「ちょっと気を抜きすぎじゃない？」

隣に並んだニーラが小声で問う。

咎めているというよりは、リックの意図を知りたいようだ。

「緊張や警戒をして、貴族の護衛に深読みされても面倒ですからね」

リックは怠けているわけじゃないと説明する。

「ああ、そういうことか」

ニーラはすぐに納得した。

ミランダの護衛がピリピリしていたら、サンスエル男爵側は面白くない。

リラックスしていれば、信用しているというアピールになる。

「話はわかったけど、油断はしないでね」

「もちろんですよ」

ニーラの小声での忠告にリックは即答した。

到着の知らせをした当日、屋敷に招くのは非常識な行為である。

実はそこまで期待していないのに、ニーラから注意が来るなら、とても上手くふるまえているのだろう。

玄関に入ると立派な壺などがこれ見よがしに置かれていて、高そうな絵画が壁に掛けられていた。

（あまり趣味はよくないな）

派手さが先行して品らしきものがない、というのがリックの正直な感想だ。

何か思うところがあったのか、ミランダの笑顔が一割ほど減る。

「主は食堂で待っております」

白髪の執事はそう言って、一行を一階の奥にある食堂へ案内した。

（食堂？）
商談なのに？　とリックは疑問を抱く。
だが、みんなが何も言わないので、胸の中に留める。
案内された食堂は三十人くらいが会食できそうなほどの広さだ。
「ようこそ、ワシが当代のサンスエル男爵、デジールだ」
と言って小柄な太った男が立ち上がる。
（よく太ったカエルみたいな見た目だな）
という印象をリックは持つ。
「初めまして御意を得ます」
ミランダが進み出てあいさつをする。
サンスエル男爵の表情はわかりやすくデレデレと崩れた。
女性への欲望を隠せていない有様に、リックは内心ドン引きしてしまう。
咎める相手がこの場にいないとわかっているからだろうか。
ミランダはと言うと、慣れた様子で受け流している。
美しい女性商人となると、こういう状況になるのかもしれない。
（同じ男がすみませんって気持ちだな）

いたたまれない心境はこのことか、とリックは内心悟った。

もちろん、態度に出せるはずがない。

やりとりをしているのはサンスエル男爵とミランダだが、男爵の周囲には何人もの執事がひかえている。

(立ち姿から察して、護衛を兼ねているのだろうな)

とリックは予想した。

いくら商談だからと言って、貴族の当主が護衛を連れた初対面の商人と会うのに、無防備であるはずがない。

メガロ商会が有する戦力を調査し、同等以上の実力者を用意していると考えるほうが自然だ。

「さて、せっかくこの時間帯に来てもらったのだ。ワシの自慢の料理を食べてもらいたい」

とサンスエル男爵が申し出る。

「ありがとうございます」

ミランダは笑顔で承知した。

話の続きは食後か、日を改めるのだろう。

「わぁい」

リンは思わず声を出して、ハッと自分の口をおさえる。

無礼だと気づいたのだ。

「同行者が失礼しました。何分わたくしどもは平民でして」

「ああ、かまわない」

ミランダが代表として謝ると、サンスエル男爵は笑って許す。

リンに向けた目が下心丸出しでなければ、リックは人格者と思えただろう。


会食は順調に進む。

(豪華、なんだろうな)

リックは黙々と食べながら、自信なく思う。

出てくる料理は美味しいのだが、量が少ない上に時間をかけて一皿ずつ出てくる。

これでは食べた気がしない。

配膳担当の使用人がいちいち説明してくるが、リックには魔法の呪文よりも難解で覚えられなかった。

魔法使いのエルも意味がわからないという顔をしていたので、おそらく魔法の呪文とは方向性が違うのだ、とリックは推測する。

楽しみにしていたリンが神妙な表情になっているのは、緊張以外の理由もありそうだ。

食後のお茶を出されたところで、サンスエル男爵が口を開く。

「食事はどうだったかな？」

「大変美味でございました。サンスエル男爵様の財力とたしかな識見に感服しながら、堪能いたしました」

ミランダが笑顔で答える。

「ははは、そうだろう、そうだろう」

サンスエル男爵は勝ち誇って笑う。

直後、リックの視界がぐらりと揺れる。

とっさに周囲に気を配ると、サンスエル男爵以外のこちら全員が表情をゆがめ、こめかみを手で押さえていた。

（まさか!?）

リックは直感でとある可能性をひらめく。

「どうやら効いてきたようだな。まあ無味無臭のものを使ったから、気づけなかったとしても無理はないぞ」

とサンスエル男爵はその場に顔を突っ伏す女性たちを順番に見ながら、舌なめずりをする。

「どく、か？」

リックが声を漏らすと、サンスエル男爵がぎょっとなる。

「まだ口を聞ける奴がいるのか。だが、そうなっては無駄だ」

男爵が言うように、リックは体に力が入らない。

「連れて行け」

サンスエル男爵が命じると、屈強な執事服の男たちが、リックたち全員を抱える。

これじゃあ【色欲】が発動しない、とリックは舌打ちしたくなった。

サンスエル男爵の下心丸出しの態度を思えば、女性たちは殺されないだろう。

（そこにチャンスがあると思うしか……）

リックたちが連れて行かれたのは地下室だった。

（意識あるのは俺だけか）

とリックは判断して、意識のないフリをしておく。

シスター・ヘレナが無事なら、彼女に状態異常を快復する呪文を使ってもらえるのだが、サンスエル男爵だって承知している。

拘束されたのは同じだが、シスターとエルは黒い首輪のようなアイテムをはめられた。

（もしかして【アンチマジックリング】か？）

リックは意識のないフリをしているので、薄目でしか確認できないが、呪文を封じるためのアイテムのように見えた。

「ぐふふふ」

意識のないまま拘束されている女性たちをながめながら、サンスエル男爵は下品な笑い声を立てる。

「んん」

薬の効果が弱まったのか、エル、シスター、ニーラ、リン、ミランダの順に意識を取り戻す。

「ここは……？」

とつぶやいたのはシスターだ。

「さすがシスターは快復が速いと言うべきか。ワシの秘密の地下室だよ」

サンスエル男爵はニタニタと笑いながら答える。

自分の絶対的な優位を確信している表情だ。

「サンスエル男爵！」

敬称を飛ばしてミランダが叫ぶ。

「いったいどういうおつもりですか？」

問いただすのは当然のことだが、彼女の声に力はない。

なぜか、悩まし気な表情になって、身悶えする。

その様子はサンスエル男爵を楽しませただけだった。

「本当にわからないのか？　だとすれば、危機感が足りないと言うしかない」

子どもの間違いに対する大人の発言のような言い回しだが、嘲りと憐憫が明白である。

「メガロ商会と教会の双方を敵に回すと？」

と問いかけたのはリックだ。

言っている本人が半信半疑である。

サンスエルがいくら貴族と言っても、あくまでも男爵に過ぎない。

大商会と教会に睨まれて、無事に済むとは思えなかった。

「ぐふふふふ、まだわからんのか」

サンスエル男爵はリックの問いを聞いて、腹をゆする。

「本人たちが訴えなければ動けまい？」

と言って男爵は舌なめずりをした。

獲物を見つけたカエルのように見えたのは、リックの気のせいだろうか。

「おかしい。魔力が回復しない……？」

とエルがつぶやく。

拘束具もマジックアイテムだが、これらは魔法の発動を封じるもの。

魔力回復を阻害する効果はない。

「ぐふふふ。やはりドリアードの粉と、カリエンテメデューサのヒレは効果が違うな。まあ、後者には逃げられてしまったが」

サンスエル男爵の独り言にリックは引っ掛かりを覚えた。

（メデューサって、たしかクラゲ型モンスターの一種族だったはずだ）

そして公衆浴場に現れたモンスターもクラゲ型なのは、偶然とは思えない。

「もしかして、公衆浴場に現れたクラゲ型モンスターは……」

ニーラも同じことを思いついたのか、言葉に出す。

「ああ、倒されてしまったらしいな。悲しいことだ。もっと素材をとる余地があったのに」

少しも悲しそうではない表情でサンスエル男爵は言った。

「くっ、外道め。んん」

ニーラは拘束具をほどこうと両手を動かすが、上手くいかず、体に甘い快感が走って、色っぽい声が漏れる。

「ドワーフのパワーでも簡単には壊せんぞ。それに薬の効果もあって、力がまだ入らないだろう？」

サンスエル男爵はニヤニヤ笑う。

「くっ、料理に入っていたやつか……」

ニーラは悔しそうに唇を噛む。

「本当はアルミラージの角も欲しかったのだがな。あれがあれば、お前たちの理性はとけたままだったはずだ」

サンスエル男爵は少し残念そうに、さらなる衝撃発言をする。

「あの闇依頼は……」

リックが驚きの声を漏らす。

「ああ、知られているのか。じゃあ口を封じなければな」

サンスエル男爵は打って変わって冷酷な瞳を彼に向ける。

（男にはこの態度か）

露骨すぎる態度に、リックは呆れた。

「新人にやらせたのが失敗だったな。報酬を積んで、もっと腕の立つ者に任せるべきだった。まあ結果は同じだが」

サンスエル男爵は一人反省会を終えて、ミランダに欲望まみれの目を向ける。

「ひぃぃ」

ミランダから悲鳴が漏れた。

男のリックですら気持ち悪く感じただけに、ミランダの恐怖は並々ならぬものだっただろう。

「ずいぶんとぺらぺらしゃべってくれるんだな?」

ニーラが男爵に声をかける。

「まあ、お前たちが知ったことを誰かに話す機会は永遠にないからな」

サンスエル男爵は答えてもう一度舌なめずりをした。

「ドワーフやシスターもいいが、やはり最初は美しい商人の娘だろう。ぐふふふ、大商会の実家の後ろ盾に守られていると信じ切っていた、才媛気取りの小娘よ」

と男爵は嘲弄しながらミランダのほうへ近づく。

ミランダが助けを求めるようにリックを見た。

彼女以外の女性たちも、ちらちらリックを見ている。

(ごめん、まだまだえっちじゃないから、力になれない)

リックは申し訳ない気持ちでいっぱいになり、心の中で謝った。

たまに女性たちから漏れる甘い声では、リックのピュアな部分がどきどきするだけで、【色欲】は目覚めない。

女性たちにしてみれば、えっちな目に遭わされる前に助けてほしいだろう。

「いやいや、ここはあえてシスターから行くのもありか?」

サンスエル男爵はわざとらしい声をあげて立ち止まり、シスターの前に立つ。

豊かな果実を舐め回すように見る。

「こんな美しくて魅力的なシスターが引っかかるとは。大商会はさすがだな」

サンスエル男爵の言葉にミランダが「くっ」と声を発し、うつむく。

まんまと敵の罠に巻き添えを食らわせたことを悔いているのだろう。

「こんな立派な果実は神のシモベにしては、不道徳ではないのかな?」

サンスエル男爵が声をかけると、シスターは、

「主の思し召しに従って生まれ落ちた身ですから、主の祝福に包まれていることでしょう」

と穏やかに言い返す。

「御立派な回答だが、これでもまだ言えるかな」

サンスエル男爵がポケットからボタンを取り出して押すと、拘束具から刃物が飛び出し、女性たちの衣服が斬り裂かれて下着が露になる。

「きゃあ！」

「やああ！」

「ちょっマジ!?」

悲鳴をあげなかったのはシスターだけだった。

（おおお！）

目に毒な光景だが、【色欲】には効果的である。

スキルが稼働したことで、彼を苛《さいな》んでいた倦怠感は消えて、力があふれてくる。

これ以上見ていれば、女性たちは貞操の危機に陥るのは必至だ。

「よし！」

リックが気合いを入れて両手を動かすと、拘束具が音を立てて壊れる。

「何だと!?」

サンスエル男爵は愕然として、今までの余裕が吹き飛ぶ。

その間にリックは足の拘束も破壊して自由を取り戻して着地する。

「よし、ようやくか」

とニーラが嬉しそうな声を出す。

「まあ今まで条件が足りなかったですからね」

ミランダが小声で応じる。

初対面でいきなり下着を見せてくれと言われた衝撃を、彼女はまだ忘れていない。

「バカな。B級モンスターでも壊せないものを、お前みたいな冴えないD級野郎が!?」

サンスエル男爵の驚愕から飛び出したナチュラルな否定《ディスリ》に、リックのメンタルは強いダメージを受けた。

「余計なお世話だ」

と言いながら、気持ちを立て直した彼は、すぐに女性たちを解放せず、サンスエル男爵へ警戒の視線を向ける。

(俺のランクを知っていたということは、下調べしていたということか?)

無味無臭の睡眠、マヒ、発情の効果がある薬なんて、見たことも聞いたこともない。

欲望全開の醜悪な下級貴族だと決めつけ、あなどらないほうがいいと、リックの直感は判断している。

「だが、反撃は想定しているさ」

サンスエル男爵がパンパンと手を叩くと、奥のドアが開いて、カリエンテメデューサが二匹、岩石鳥《ロックバード》が三羽、それから人面樹《イビルツリー》が出て来る。

人面樹《イビルツリー》は依然遭遇したサイズよりも小さく、リックの胸くらいの背丈しかない。

どのモンスターも目が赤く濁っていて、ただごとじゃない雰囲気だ。

「カリエンテメデューサに人面樹《イビルツリー》だって？」

リックは驚きを隠せない。

「人面樹《イビルツリー》も知っているのか」

彼の反応を見て、男爵のほうも驚いたようだった。

「デカい奴には逃げられてしまったが、こいつのほうが強さは上だ。覚悟するがいい」

と男爵は言い放つ。

「ということは、あのデカい人面樹《イビルツリー》はまさか……」

あれもこの男爵が原因なのか、とリックは舌打ちする。

「ん？　お前はただのD級のくせに、あいつと遭遇して無事だったのか？」

男爵は怪訝な顔になった。

（なるほど……）

リックは少しこの貴族のことを理解する。

現状を作るために調べたものの、自分が人面樹《イビルツリー》や国母《グランドマザー》スライムを倒したことまでは、把握していないと。

（知っていたら機会を改めたよな）

おかげで勝機は残っている。

「だが、しょせんはDランクだ。お前たち、やってしまえ！」

男爵が右手をあげてリックを指さしながら命令を出すと、モンスターたちは動きはじめた。

岩石鳥《ロックバード》は天井付近まで舞い上がり、人面樹《イビルツリー》は正面から、カリエンテメデューサは左右からという陣形を作る。

「あのモンスターたち、人の言葉がわかるだけじゃなくて、陣形まで!?」

ニーラが驚愕し、ミランダが短く悲鳴をあげた。

モンスターとの意思疎通は困難で、人とは違う生物——ずっと常識だと思われていたことを否定する存在が彼女たちの目の前にいる。

天井近い高さにいる岩石鳥《ロックバード》たちが、大きな石を吐いてきたので、リックは前に出て避けた。

そこにカリエンテメデューサたちが左右から触手を伸ばしてくる。

それを後ろに飛んでかわした直後、床から人面樹《イビルツリー》の太い根が勢いよく伸びてきて、リックの体を後方へ吹き飛ばす。

リックはとっさに左腕でガードしたものの、そのまま壁に背中を強打した。

「こいつらはワシの特別製。チーム戦術も叩きこんである。D級冒険者一人で、どうにかできるはずがないわ！　ぐはははは！」

それを見た男爵は勝ち誇って高笑いする。

（六対一はすんごくきついな）

リックは激痛に耐えながら、現状を冷静に分析した。

カリエンテメデューサと岩石鳥《ロックバード》は、別々ならそこまでこわくないが、連携されると厄介だし、人面樹《イビルツリー》は単体でも脅威だ。

ただ、リックにツキはある。

飛ばされたおかげで、拘束されたままの女性たちの後ろに行けた。

男爵は自分の有利を確信しているのか、それとも位置的に女性たちを巻き込みかねないからか、ニタニタ笑ったままモンスターたちに指示を出さない。

「すみませんが、おっぱいを揉んでもいいですか？」

リックはミランダを見ながら頼む。

男爵の「こいつはいきなり何を言いだすんだ!?」という表情を、リックは見なかったことにした。

（変態男爵に変態を見る目で見られるなんて……！）

あまりにも悲しい。

誰が何と言おうと、自分は変態じゃない、とリックは信じていたいのだ。

「言われると思っていました……どうぞ」

ミランダが「知っていた」という表情で許可を出すと、

「言われると思っていた？」

「この女は何を言っているんだ」という顔で、男爵が彼女を見つめる。

さっきまでの黒幕的な態度から、得体の知れないものを見せられた、無力な一般人みたいな様子に変わっていた。

これ幸いとリックは後ろにまわり、ミランダのおっぱいを下着の上から優しく揉む。

「んんっ」

ミランダは必死に声を殺すが、漏れてしまう。

リックは気づいていないが、【色欲】とそれによる経験のおかげで、上がらなくてもい

いテクニックが上達してきている。

（柔らかくて、でっかい）

とリックは素直に感じてから、ハッとなって自制する。

「はっ、何を羨ましけしからんことを！」

サンスエル男爵は気を取り直して、悔しがる。

欲望が漏れまくりの彼の発言を無視して、リックはシスターに問う。

「すみませんが、揉んでもいいですか？」

「優しくしてくださいね」

シスターはどこか余裕を感じさせる微笑で許可を出す。

「っっ〜〜」

シスターのほうが声を殺すのは上手だった。

（シスターのほうが一サイズくらいデカいかも）

どちらも大きくてはりがあって、揉みごたえがあって——そこまで考えたリックは、

「品評会」はよくない、と自分を戒める。

【色欲】のスイッチは入ったので、力がみなぎってきていた。

「おのれ、ワシの楽しみを！　お前らやれ！」

男爵はよっぽど羨ましかったのか、顔を真っ赤にして地団駄を踏み、モンスターたちに指示を出す。

だが、女性を巻き込むなという指示があるのか、動きは緩慢だ。

「まるで俺が獲物を横取りしたゲス男みたいだ」

リックは言いながら、女性から離れて、自分が壊した拘束具を拾う。

「バカめ！　そんなものを拾ってどうする！」

男爵は嘲笑うが、すぐに表情が凍り付く。

「――ディスペシオン」

リックは棒代わりにした拘束具を薙ぎ払う動作をおこない、魔力を飛ばして岩石鳥《ロックバード》三羽と、カリエンテメデューサと人面樹《イビルツリー》の体をすべて両断してしまった。

モンスターたちは断末魔の悲鳴をあげるヒマもなく絶命し、その場にくずおれる。

「……う、うそだ」

サンスエル男爵は愕然として、唇を震わせた。

「ヒュー」

と口笛を吹いたのはニーラで、

「さすが」

ミランダとシスターは短く褒める。

「この瞬間はカッコイイね」

「そだね」

リンとエルも言い合う。

「己の罪を認めて投降しろ」

リックは油断せず、男爵に棒の先端を向けながら、降伏勧告する。

「お、おのれ、かくなる上は」

サンスエル男爵は蒼《あお》ざめながらも降伏せず、自分の上着の内ポケットから、赤い大きな豆のようなものを取り出す。

「試作品だが、すべてを失うよりはマシだ！」

とわめきながら、ごくりと飲み込んだ。

「うおおおおおおおおおおおお！　ワシは人の限界を超越するぞおおおお！」

男爵の筋肉が盛り上がり、上等な仕立服がはじけ飛び、瞳が真っ赤に濁っていく。

「グラン・ルプトゥラ！」

リックは全力で大技を放ち、パワーアップの最中の男爵の胸を貫いた。

「ごふっ!?」

男爵は血を吐き出し、変身が止まる。

「へ、変身前に攻撃する、な、ひきょう、もの……」

男爵はそう言うと、大きく吐血して、床に倒れ込む。

「わざわざ敵が強くなるまで待つ趣味はないので」

リックは聞こえていないだろうな、と思いながら、律儀に答えた。

それから拘束されている女性陣を解放する。

次に気絶したままでいっさい存在感がなかった、男性の護衛たちを解放しようとしたら、

「少し待ってください。先に上に何かを着たいです」

とミランダに待ったをかけられた。

「そうですね」

女性たちが全員下着姿のままなのはよくない。

男性陣だって困るだろう。

幸い【キャッスルボックス】には着替えが入っている。

「ついでに使用人たちも拘束しないと、ですね」

やることはたくさんあるな、とリックは思った。

使用人たちはすでに戦意喪失しているのが、せめてもの救いだろうか。

エピローグ

下級貴族とは言え、領地を有する男爵が捕縛され、王都の騎士団に通報されたものだから、王都では大騒ぎになったし、リックたちは街の外へ出られなかった。

「わたしたちも虜囚みたい」

とこぼしたのはリンだが、リックも共感する。

王都から騎士団が事件の取り調べのために到着したのは数日後のことだった。

「我々は第一騎士団である。そして私は団長のオビエドだ」

リックたちに名乗ったオビエドは壮年の男だった。

「オビエド伯と言えば、国王陛下の信任の篤いことで有名な方ですよね」

聞いたミランダが目を丸くする。

(伯爵と言えば大貴族なんだろうな)

とリックも大物の登場に驚く。

オビエド伯を相手に彼らは順に自分たちが経験したことを話す。

リックたちが捕縛したサンスエル男爵の家臣たちも、それを認めたので、取り調べはスムーズだった。

男爵の財力と権力、得体のしれない能力を恐れて従っていただけで、忠誠を誓っていた者はいないらしい。

「宮廷は何も報告を受けていないぞ。まあ、モンスターを操る技術、生態系を破壊しかねないほどの乱獲、危険なモンスターが脱走したことの隠蔽とくれば、言えるはずもないか」

とオビエド伯は頭を抱えながらこぼす。

「全部事実なら、爵位剥奪ではすまず、国家騒乱罪で極刑もあり得ますからね」

オビエド伯の部下の騎士が合いの手を入れる。

「当然だな。お前たちも今回のことは黙っていてもらうぞ？」

オビエド伯の真剣な面持ちに、リックたちは何度もうなずく。

サンスエル男爵が騎士団に護送されていき、ようやくリックたちは帰還できることになった。

男爵が国母《グランドマザー》スライムの発生に関与していたという証拠はなかったものの、モンスターを捕獲して、自由に操る研究はあまりにも危険度が高いと判断されて、闇へと葬られることになった。

「何かいっぱい金貨をもらったんですけど、これって口止め料ですよね？」

とメガロ商会のカフェの三階で、リンがみんなに確認する。

「ええ。大人しく口を閉ざすならよし、そうしないなら消されるでしょう」

ミランダが真顔で答えた。

誰に、と言わなくてもみんな理解できる。

「男爵程度であそこまでのことをできるのは変ですしね。研究を進めるだけでも、お金も時間も相当かかるでしょう」

とリックは疑問を言う。

男爵にノウハウや資金を提供していた者がいるはずだ。

「本当の意味で事件は解決してないってことだね」

ニーラが憂鬱な顔で言う。

「あとは国に任せましょう」

とミランダが明るく言って、全員がうなずいた。

番外編　リック、逃走中

リックは必死に逃げていた。
生存本能が鳴らす警鐘に従って、なりふり構わず、ちぎれそうな足を動かしていた。
「りっくさあああぁぁん」
「夜はこれからなんだからああ」
叫びながらリックを追いかける女たちの形相は、まるでゾンビのようだった。
昼間だとしても怖すぎる。
(何でこうなるんだよおおおお)
リックは声にならない叫びをあげた。
理由はわかっている。
【色欲】スキルだ。
融通が利かないこのスキルが悪いのだ。
道行く人は最初、「何事?」という顔をしたあと、リックと女たちを見て「またあいつらか」という表情になる。

リックが必死で逃げているのに、まるで風物詩をやり過ごすかのような態度だ。

誰も助けてくれない。

悲しいことにリックは孤立無援だった。

リックは走る。

発情女性《ゾンビ》たちがいない場所へ。

ここは大きめの街なので、その気になれば身を隠す場所には困らない。

だから、一時休むために、物陰に身を隠してみる。

「りっくさぁあん、どこおお？」

「ねえ、一緒に遊びましょう？」

「ね、優しくするから。怖くないから」

女たちは甘ったるい声をあげながら、リックの名を呼ぶ。

美しい女たちに懇願されている光景は、男たちからすれば垂涎だ。

しかし、リックからすれば小動物を誘い出そうとする捕食者の罠としか思えない。

表情は愛しい男性を呼ぶ女のものではなくて、獲物が食べごろかどうかチェックする狼みたいだ。

（絶対に出て行かないぞ……）

とリックは決意を固める。

女たちは必死の形相で彼を追い求めていたが、やがて一人がリックの隠れている方向を見た。

彼女は鼻をひくひくと動かし、

「こっちからリックさんのにおいがするぅ」

とまさにリックが隠れている場所を指さす。

「え、本当？」

「行ってみようよ」

彼女の言葉を聞いた他の女たちがわらわらと集まって来る。

（犬より嗅覚すごくない⁉）

リックは仰天した。

猟犬は嗅覚がいいと聞いたことはあったが、まさか自分が追われる獲物側の経験をするハメになるなんて。

「あっ、いた！」

「リックさんみっけ」

女たちの声が華やぐ。
どれだけうれしいのかが伝わって来た。
だが、リックに喜びはなく、むしろ恐怖心を刺激されてしまう。
まるで大型の肉食獣が舌なめずりをしているみたいだ。
事実、女たちの瞳は欲望でギラついている。
これでは愛欲譚《ハーレム》ではなくて、恐怖体験《ホラー》じゃないか。
リックは心で叫ぶ——ほとんど悲鳴だが。
「どおおして逃げるのおお」
という女の叫びが、背後で反響する。
(すごい怨念だ)
とリックは思う。
聴覚がトラブルを起こしているせいならいいが、おそらく異常はない。
(鎮まってくれ、女性たち。そして【色欲】スキル！)
リックは本気で願ったが、効果が現れる気配はなかった。
「どうしてこうなるんだ……」
彼はつぶやくが、答える者はいそうにない。

「おい、あんた」

ところが、一人の男がリックに話しかけてくる。

「はい？」

リックが振り向くと、風体のよくない男がニヤニヤしていた。

「大変そうだな。助けてやろうか？」

「えっ？　本当ですか？」

リックは食い気味に反応する。

普段ならうさんくさいとスルーしていただろうが、今の彼はあまりにも必死すぎて、判断力が低下していた。

「ああ。そのかわり、女たちは好きにさせてもらうぜ？」

と男はニヤニヤしながらも、鋭い目を彼に向ける。

リックは【色欲】で暴走する女たちを、自由にできる猛者がいるなんて、急には信じられない。

そんな存在がいるなら、こんなに逃げ回らなくてもよかったはずである。

だが、女たちの形相を見ているのに、男はこれだけ余裕なのだ。

（もしかして、何らかのアイテムを持っているとか？）

精神を鎮静化させる強力なアイテムなら、あるいは可能なのかもしれない。

「な、何とかしてもらえるなら、あとは自由意志で」

さすがに女たちが蹂躙されるようなことは、リックも認めたくなかった。

それを許容するなら、そもそも逃げ回っていないのだから。

「ああ、まあ任せておきなって」

男は自信ありげにニヤニヤ笑い、懐から青い角笛を取り出して見せる。

そして角笛を吹いた。

しかし、音は全然出ない。

（？　特定の相手にしか音が聞こえないタイプのアイテムか？）

とリックは首をかしげる。

犬に指示を出す「犬笛」、虫にだけ聞こえる「虫笛」、蛇を操る「蛇笛」などが有名だろうか。

女たちの聴覚にだけアプローチするアイテムがあったとしても、けっしてふしぎではない。

男が二度、三度と笛を吹くと、女たちが集まって来る。

全員、幽鬼のような表情で、瞳だけは欲望にギラギラ輝いて。

す。

（なんだか、すごくいやな予感がする）

リックは自分の生存本能が、警告を発したのを感じて、あわてて移動して物陰に身を隠

「あ？　逃げちまったか？　じゃあ俺がもらっちまうか」

男はいやらしい笑みを浮かべて、さらにもう一度角笛を吹く。

女たちがドドドドと押し寄せて、

「あべしっ」

男はあっさり弾き飛ばされ、角笛は踏み砕かれてしまった。

（何の成果も得られないじゃないかあ！）

リックは物陰で見届け、叫びたくなるのを耐える。

結局、彼の生存本能が正しかったのだが、何の慰めにもならない。

このあと、リックは朝まで逃げ回るハメになるのだった。

あとがき

今巻を手に取っていただきましてありがとうございます。

前巻に続いてお会いできてうれしいです！

それとも2冊まとめ買いした猛者でしょうか？

2冊くらいなら猛者は言い過ぎかな……？

とにかくありがとうございます。

みなさんの行動が作品の「次」へとつながります。

今回もリックはいろんな目に遭います。

彼の場合、被害者と言えるのか微妙な気はしますね。

男性読者のみなさんは、たぶん「お前のような被害者がいるか」と思うのではないでしょうか。

正直、作者も書いていて思うときが……こほん。

今回も可愛い女の子が出てきます。

どんなことがあるのかは、中を読んでのお楽しみということで。

これを書いているときはだんだんと涼しくなってきているのですが、みなさまはいかがお過ごしでしょうか。

わたしはそろそろ電車に乗って旅に出かけたい。

あるいは美味しい物を食べに行きたい。

そんな衝動が大きくなっています。

カシオペア紀行に乗ってみたいなあ、と思いながらウェブサイトをながめたり。

臨時運行だから、タイミングが合わないと……。

一度くらいは乗れないかな。

そろそろいわゆる「食欲の秋」というやつがやって来る時季ですが、年々短くなってきている気がします。

昔は一か月くらいあったはずですが、今となると二週間あるか怪しいくらい？

暑くもなく、寒くもなく、美味しい食べ物がたくさんある季節。

そう考えると秋って素晴らしいですよね。

少しでも長く続いてもらいたいものです。

冬になると温泉がいいし、鍋は美味しいのですが、寒いのは得意ではないので、悩ましいところです。
温泉は好きなので余計に。
有馬温泉につかってありまサイダーを飲むのは楽しみです。
有馬は坂が多いエリアなので、歩けば健康によさそうだなと思ったり。
目の前の仕事を片付けてから予定を考えたいと思います。

ファンレター、作品のご感想をお待ちしています!

【宛先】
〒104-0041
東京都中央区新富1-3-7　ヨドコウビル
株式会社マイクロマガジン社
GCN文庫編集部

あいのひとし先生 係
三九呂先生 係

【アンケートのお願い】

右の二次元コードまたは
URL（https://micromagazine.co.jp/me/）を
ご利用の上、本書に関するアンケートにご協力ください。
■スマートフォンにも対応しています（一部対応していない機種もあります）。
■サイトへのアクセス、登録・メール送信の際の通信費はご負担ください。

GCN文庫

色欲無双《しきよくむそう》
～変態《へんたい》スキルが暴走《ぼうそう》してヤリサーから追放《ついほう》された俺《おれ》は、はからずも淫靡《いんび》な力《ちから》で最強《さいきょう》になる～ ②

2024年11月28日　初版発行

著者　あいのひとし
イラスト　三九呂《さんくろ》

発行人　子安喜美子

装丁　AFTERGLOW
DTP／校閲　株式会社鷗来堂

印刷所　株式会社広済堂ネクスト

発行　株式会社マイクロマガジン社
〒104-0041　東京都中央区新富1-3-7　ヨドコウビル
［営業部］TEL 03-3206-1641／FAX 03-3551-1208
［編集部］TEL 03-3551-9563／FAX 03-3551-9565
https://micromagazine.co.jp/

ISBN978-4-86716-664-2 C0193